Georg, Jolly und das Pila-Virus

AF220399

Juergen von Rehberg

Georg, Jolly und das Pila-Virus

Eine Familiensaga

Bibliografische Information der Deutschen Nationalbibliothek:
Die Deutsche Nationalbibliothek verzeichnet diese
Publikation in der Deutschen Nationalbibliografie;
detaillierte bibliografische Daten sind im Internet
über http://dnb.dnb.de abrufbar.

Herstellung und Verlag: BoD – Books on Demand,
Norderstedt

ISBN: *978-3-7526-0953-0*

Das Pila-Virus hat seinen Namen der Form zu verdanken, in der es auftritt. Es ist kugelförmig und auch genauso gefährlich, wie die Kugel aus einem Gewehr.

Es war urplötzlich aufgetreten, praktisch aus dem Nichts, und es hatte eine unbeschreibliche Hysterie bei der Bevölkerung ausgelöst.

Im Gegensatz zu einer Influenza, wo man schnell einmal ein wirksames Mittel zur Hand hat, verhielt es sich bei dem Pila-Virus ganz anders.

Vielleicht war das auch der Auslöser dieser Hysterie. Die Medien taten ihr Übriges dazu, und die stark divergierenden Meinungen und Erklärungen seitens der Experten und der Regierungen vervollkommneten das Szenario.

Das alles führte dazu, dass Hamsterkäufe an der Tagesordnung waren, wie bei einer Vorhersage für eine bedrohende Hungersnot, oder noch viel schlimmer, wie bei einem bevorstehenden Krieg.

Georg und Jolante Merlinger betrachteten das Ganze mit der Gelassenheit des Alters. Nicht, dass sie die Bedrohung nicht ernst genommen hätten, aber eine gewisse stoische Lebenshaltung hatte schon vor etlichen Jahren bei ihnen Einzug gehalten.

„Sabine hat angerufen und gesagt, dass sie nicht kommen werden."

Georg legte die Zeitung beiseite und blickte über seinen Brillenrand zu Jolante. Er lächelte.

„Und was sagt Klara dazu?", fragte er.

Jetzt lächelte auch Jolante.

„Sie tobt", antwortete Jolante, *„was hast du denn geglaubt?"*

Georg nahm die Zeitung wieder auf und las weiter.

„Findest du das richtig?", fragte Jolante.

Georg legte wiederholt seine tägliche Morgenlektüre auf die Seite und nahm seine Brille ab.

„Was meinst du damit?", fragte er.

Allein, dass Georg seine Brille abgenommen hatte, war Indiz dafür, dass nun eine längere Unterhaltung folgen würde.

„Nun, dass Sabine offenbar Angst hat, mit Klara zu uns zu kommen", antwortete Jolante.

„Und weiter?", erwiderte Georg.

„Nichts und weiter", antwortete Jolante. *„Ich meine ja nur."*

„Das ist typisch für euch Frauen", murmelte Georg und wollte seine Zeitung wieder aufnehmen.

„Was soll das nun wieder heißen, Georg?", fragte Jolante leicht gereizt. Sie hatte ihr Visier heruntergeklappt und war bereit für eine verbale Konfrontation.

Nun machte sich auch Georg dazu bereit.

„Du hast mir gerade mitgeteilt, dass Sabine mit ihrer revoluzerischen Tochter sich nicht traut, zu uns zu kommen. Ich habe das zur Kenntnis genommen und gedacht, dass die Sache damit erledigt sei.

Aber nein. Du hast mich dann gefragt, ob ich das richtig fände. Weil ich die Frage jedoch nicht einordnen konnte, habe ich mir erlaubt, um weitere Details zu bitten.

Die habe ich dann auch erhalten in der Form von <nichts weiter>, worauf ich dir geantwortet habe, dass ich dieses Verhalten deinerseits als <typisch weiblich> assoziiere."

Das war zu viel für Jolante. Sie belegte den Blick ihres Gatten mit einem Bannstrahl und begann mit ihrem Plädoyer:

„Erstens nenne Klara nicht die <revoluzerische Tochter> von Sabine.

Zweitens, habe ich dir eine ganz einfache Frage gestellt, die jedes Schulkind hätte ohne Probleme beantworten können.

*Und drittens, so etwas wie <typisch weiblich> oder
<typisch männlich> existiert überhaupt nicht."*

"Ha, ha!"

Mit diesen zwei Worten übernahm Georg nun wieder das Wort:

*"Dass ich nicht lache, natürlich gibt es das. Ich
kann dir das gern in zwei Beispielen erklären."*

Georg wollte gerade damit beginnen, als es an der Haustür läutete.

"Wer kann das sein?", fragte Jolante, und Georg konnte es sich nicht verkneifen, darauf zu antworten:

*"Das werden wohl Sabine und Klara sein. Vermutlich hat sich der kleine Revoluzzer wieder einmal
durchgesetzt."*

Jolante schluckte hinunter, was sich ihr gerade massiv aufdrängen wollte, atmete einmal tief durch und ging zur Tür.

"Hallo, Renate; komm doch bitte herein!"

Es war Renate Körner, die Nachbarin von Merlingers.

*****

„Wieso können wir nicht zu Oma und Opa?"

Clarissa hat sich vor ihrer Mutter in bedrohlicher Pose aufgebaut und suchte ein klärendes Gespräch.

Clarissa, auf deren Geburtsurkunde der Name Klara eingetragen war, und die unter dem selbigen Namen auch die Taufe erfahren hatte, stand breitbeinig da, mit in den Hüften gestützten Händen.

Sie war gerade einmal neun Jahre alt, als sie ihrem Umfeld klarmachte, dass man sie ab sofort mit dem Namen „Clarissa" – mit „C" und ja nicht mir „K" geschrieben – anzusprechen habe.

Sie begründete ihren Beschluss damit, dass eine Schulkameradin ebenfalls Klara hieße, dass diese rothaarig und sommersprossig wäre, und dass sie auf keinen Fall mit dieser hässlichen Erscheinung verwechselt werden möchte.

Sabine war geschockt, als sie das Statement ihrer Tochter vernommen hatte. Sie lehnte dieses abstruse Ansinnen mit aller Macht ab, was jedoch nicht die gewünschte Wirkung erbrachte.

Als alleinerziehende Mutter einer frühpubertierenden Neunjährigen war sie de facto chancenlos.

Klaras, Verzeihung, Clarissas Vater hatte schon beizeiten das Weite gesucht. Er hatte sich in eine andere verliebt, eine jüngere Frau und aus sehr gut betuchtem Hause.

Das wiederum hatte dazu geführt, dass Clarissa noch einen draufsetzte, indem sie zu Sabine nicht mehr Mutter sagte, sondern sie einfach mit ihrem Vornamen ansprach.

Auch hierfür lieferte sie eine stimmige Begründung:

„Eine Familie muss aus Vater, Mutter und Kind bestehen. Sonst ist es keine richtige Familie. Und ergo verliert eine Mutter somit auch das Recht, auch so genannt zu werden, sollte kein Vater zur Verfügung stehen."

Eben dieses Kriterium erfüllte Clarissas Vater. Er stand weder finanziell noch persönlich zur Verfügung. Es reichte noch nicht einmal für eine Geburtstagskarte, geschweige denn für ein Geschenk zu Weihnachten.

Nicht nur, dass Sabine unter der Trennung litt, wie ein Tier, musste sie sich auch noch die Vorwürfe ihres Großvaters anhören, der Sabines Ehemann zwar nicht besonders mochte, aber die Schuld für die Trennung zum größten Teil bei ihr suchte.

Es gab Tage, da drohte die Summe der Schicksalsschläge, welche im Laufe ihres Lebens auf sie herniedergegangen waren, sie zu erdrücken.

Begonnen hatte alles mit dem frühen Tod ihrer Mutter, die an Lungenkrebs gestorben war, was bei ihrem immensen Zigarettenkonsum nicht wirklich überraschend kam.

Sabine war damals fünf Jahre älter als Clarissa jetzt. Oma und Opa übernahmen damals die Vormundschaft und kümmerten sich liebevoll um Sabine.

Als Sabine dann Harald kennenlernte und als sie dann schwanger wurde, schien die Sonne nicht mehr untergehen zu wollen.

Auf Betreiben von Sabines Großvater wurde dann auch schnell geheiratet. Die Ehe war jedoch nicht von langer Dauer, und Opa Georg hatte wieder einmal recht behalten, denn er hielt nicht viel von Harald.

Das scheint zwar widersprüchlich auf den ersten Blick; aber die geforderte Eheschließung entsprach nun einmal Opa Georgs Weltbild von Ordnung und Moral.

„Bekomme ich jetzt endlich eine Antwort, Sabine?"

Mit dieser Aufforderung holte Clarissa ihre Mutter in die Wirklichkeit zurück.

Sabine sah ihre Tochter an. Sie fragte sich, warum sie sich vorkam wie ein Fußabtreter, auf dem jeder nach Lust und Laune herumtreten konnte.

Sie hatte sich schon oft gefragt, warum sie die Spielchen ihrer Tochter so willig mitspielte, obwohl sie das für falsch hielt, und die Antwort, die sie sich jedes Mal wieder gab, war immer dieselbe: sie hatte Angst, das Kind würde sich von ihr abwenden.

Clarissa hatte denselben, unbeugsamen Willen, wie Opa Georg.

Als Clarissa ihm die Änderung ihres Namens kundtat, lacht er sie mit den Worten „du spinnst ja" aus. Anders als bei Sabine, akzeptierte Clarissa seine Entscheidung.

Es ist wie im Tierreich: Das Starke respektiert das Starke, knechtet jedoch das Schwache. Und Sabine war schwach. Und gerade stand ihre Tochter vor ihr und gab ihr das einmal mehr klar zu verstehen.

„*Opa Georg und Oma Jolante wollen das so*", log Sabine, begleitet von der Angst, Clarissa könnte das überprüfen.

„*Und warum wollen sie nicht, dass wir zu ihnen fahren?*"

Sabine war erleichtert, dass Clarissa ihre Lüge geschluckt hatte.

„*Sie haben Angst vor dem Pila-Virus*", antwortete Sabine, „*weil ältere Menschen sehr gefährdet sind.*"

„*Und wieso gerade ältere Menschen?*", bohrte Clarissa weiter.

Sabine hasste die endlos vielen „W"- Fragen, denen sie sich von der Geburt Klaras an ausgesetzt sah.

„Weil ältere Menschen ein schwaches Immunsystem haben", antwortete Sabine.

In Clarissas Gesicht konnte man ablesen, dass sie gerade um eine Entscheidung rang. Sie konnte mit dem Wort „Immunschwäche" so überhaupt nichts anfangen. Einerseits hätte sie gern gewusst, was es bedeutet, aber andererseits wollte sie sich nicht die Blöße einer Unwissenheit geben. Sie beschloss, der Sache später mittels Google auf den Grund zu gehen.

„Verstehe", sagte Clarissa, *„dann ist es wohl besser, wir bleiben ihnen fern."*

„Ich habe gewusst, dass du das verstehen wirst, mein Schatz", erwiderte Sabine, *„du bist halt doch ein kluges Mädchen."*

Clarissa nahm das Kompliment ihrer Mutter beiläufig an und verschwand kurz darauf in ihrem Zimmer.

*****

„Hallo Georg!"

Renate Körner, die Nachbarin von Georg und Jolante ging auf Georg zu und wollte ihm die Hand reichen.

„*Bleib mir ja vom Leib, Renate*", sagte Georg und machte eine abweisende Handbewegung.

„*Entschuldige bitte*", sagte Renate, „*das war dumm von mir.*"

„*Hoffentlich hast du das Virus nicht von draußen mit hereingebracht*", brummelte Georg vor sich hin.

„*Aber Georg*", kam der mahnende Zwischenruf von Jolante.

„*Lass mal*", sagte Renate, „*ich weiß ja, wie er es meint.*"

„*So? Du weißt, wie ich das meine?*", feixte Georg, „*was willst du überhaupt? In den Medien heißt es ständig, die Leute sollen zuhause bleiben.*"

„*Deswegen bin ich ja hier*", antwortete Renate.

Georg lachte laut heraus. Er wandte sich zu Jolante und sagte:

„*Siehst du, da hast du ein wunderbares Beispiel für <typisch weiblich>, ist das nicht herrlich?*"

Jolante sah ihren Mann nur verständnislos an.

„*Verstehst du nicht?*", fuhr Georg fort, „*man wird aufgefordert, zuhause zu bleiben, und was macht unsere liebe Renate? Sie geht aus dem Haus.*"

„Jetzt mach aber einmal halblang", meldete sich nun Renate wieder zu Wort, *„ich wollte nur fragen, ob ich etwas für euch tun kann? "*

„Du bist wirklich unmöglich, Georg", versuchte Jolante ihren Gatten dezent zu maßregeln, *„du solltest dich schämen. "*

Die sich bündelnden Blicke der beiden Frauen veranlassten Georg dezent seinen Rückzug anzutreten. Er hielt sich seine Morgenlektüre vors Gesicht, in der großen Hoffnung, dahinter in Sicherheit zu sein.

Jolante und Renate verbuchten diese Handlung als Sieg und quittierten es mit einem Lächeln.

„Möchtest du einen Kaffee, liebe Renate? "

Renate bejahte die Frage und nahm dankend an. Wenig später machte Renate ihrer Nachbarin Jolante das Angebot, sie würde für die nächste Zeit die nötigen Besorgungen - wie Lebensmittel und Medikamente - machen, damit das Virus nicht zur Gefahr für die beiden älteren Herrschaften werden könne.

Jolante bedankte sich für die nachbarschaftliche Hilfe, nicht ohne zu vergessen, dem Gatten später die Leviten zu lesen, sollte Renate wieder gegangen sein.

*****

Als Georg Merlinger in den späten Sechzigern in die Fußstapfen seines Vaters trat, tat er das aus Tradition, nicht jedoch aus Überzeugung.

Seine Mutter war damals die treibende Kraft, welche ihn in diese Richtung gelenkt hatte. Ihr Vater war schon im Schulwesen tätig, und ihr Ehemann, Georgs Vater, war es auch.

Ein Mann mit einem anderen Beruf wäre als Ehemann niemals infrage gekommen. Seine Karriere war jedoch nur von kurzer Dauer. Oberleutnant Franz Merlinger blieb auf dem Feld der Ehre, und das sogar noch in den letzten Kriegstagen.

Georg war damals knappe zwei Jahre alt, als seiner Mutter die traurige Nachricht zukam. Ihre Liebe, welche sie bis dahin auf Mann und Kind gleichermaßen verteilt hatte, traf nun den kleinen Georg im vollen Umfang.

Opa Heinrich Merlinger, Oberstudiendirektor i. R. und der Vater von Georgs Mutter, unterstützte aus Leibeskräften seine Tochter in dem Bemühen, aus dem kleinen Georg einen tüchtigen Menschen zu machen.

Damit war das Schicksal des Knaben besiegelt und sein beruflicher Werdegang unabdingbar vorgezeichnet.

Georg legte die vorzügliche Reifeprüfung am Gymnasium ab, schloss sein Studium an der Universität und seine Promotion mit „summa cum laude" ab, bestieg das Schifflein „Pädagogik" und versah fortan, als Dr. Georg Merlinger, ungebildete Schüler mit dem geistigen Rüstzeug fürs Leben.

Seine Unterrichtsfächer beliefen sich auf Mathematik und Physik. Für diese Materie hatte er schon in früher Zeit ein Faible, wollte er doch ursprünglich sein Leben der Forschung widmen, was ihm jedoch aus den bekannten Gründen verwehrt geblieben worden war.

War er anfänglich noch dagegen, in den Schuldienst zu treten, begann er peu à peu Gefallen daran zu finden.

Es war wohl die Mischung aus Wissen und Macht, welche er den jungen Menschen, umgeben von Unwissenheit und der damit verbundenen Ohnmacht, gegenüberstellte.

Er tat dies mit einer mörderischen Autorität und einer unnachgiebigen Strenge, welche ihm alsbald den Spitznamen „Dr. Gnadenlos" einbrachte.

Als er eines Tages im Lehrerzimmer von einem Kollegen darauf angesprochen wurde, antwortete er:

„Ich weiß, dass ich nicht der beliebteste Kollege bin. Sie sollen mich ruhig fürchten. Ich erwarte, dass sie etwas lernen, nicht dass sie mich lieben."

„Was haben Sie gegen die Liebe, Herr Kollege?"

Oberstudienrat Dr. Georg Merlinger wendete seinen Kopf in die Richtung, aus welcher die Frage gekommen war. Es war das Fräulein Jolante Bach, ihres Zeichens Studienreferendarin, welche die Frage gestellt hatte.

„Und wer bitte sind Sie noch mal?", fragte der Oberstudienrat in einem deutlich erkennbaren süffisanten Tonfall.

„Mein Name ist Jolante Bach", antwortete die Studienreferendarin, und der mitanwesende Schulleiter, Oberstudiendirektor Dietrich Henlein, fügte noch hinzu:

„Frau Bach ist unsere neue Studienreferendarin."

„Das Fräulein Bach also", sagte der Oberstudienrat in leicht süffisantem Ton, *„so, so..."*

„Ich lege großen Wert auf die Anrede <Frau> und nicht <Fräulein>, verehrter Herr Kollege."

Der innere Schweinehund des Herrn Oberstudienrates stellte ihm gerade heftige Anregungen zur Verfügung; allein schon wegen der Bezeichnung „Herr Kollege" durch den Grünschnabel Bach.

„Ein interessanter Vorname und kaum noch gebräuchlich", fuhr der Oberstudienrat fort, *„ist das nicht auch der Name eines Rosses in der nordischen Sage?"*

„Gleichwohl, Herr Kollege", antwortete Jolante Bach, *„es gibt aber auch eine schönere Bedeutung dieses Namens. Er kommt aus dem Altgriechischen und bedeutet violette Blume.*

Vielleicht verfügen Sie ja über genügend Fantasie, sich auszumalen, um welche Blume es sich hierbei handeln könnte."

Im Lehrerzimmer gefror gerade die Luft. Das gesamte Kollegium sah sich bedeutungsvoll an. Noch niemals hatte sich jemand getraut, so mit dem Kollegen Merlinger zu sprechen.

Selbst der Herr Oberstudiendirektor Henlein schnappte förmlich nach Luft. Die Blicke der Anwesenden wechselten zwischen Oberstudienrat und Studienreferendarin hin und her, gespannt darauf, wer wohl zum nächsten Schlag ausholen würde.

Aber es geschah nichts dergleichen. Im Gegenteil. Über das Gesicht von Oberstudienrat Dr. Merlinger huschte ein kleines Lächeln, um sich darin zu manifestieren.

Die Studienreferendarin, Jolante Bach schloss sich dem an. Auch sie begann zu lächeln und sagte in versöhnlichem Ton:

„Ich danke Ihnen sehr, dass Sie mir die Geschichte mit dem Schwein Jolanthe, aus dem Lustspiel <Krach um Jolanthe> von August Hinrichs erspart haben, geschätzter Herr Kollege.

Und im Übrigen schreibe ich meinen Namen gänzlich ohne >h< im Gegensatz zu besagter Jolanthe."

„*Ich werde es mir merken, verehrte Frau Kollegin, und herzlich willkommen bei uns*", erwiderte Georg und fügte noch hinzu:

„*Ich denke, Sie sind eine Bereicherung für uns alle.*"

*****

Es war gerade einmal eine Woche her, dass die verbale Schlacht mit versöhnlichem Ausgang zwischen Oberstudienrat Merlinger und Studienreferendarin Bach stattgefunden, und sich die Aufregung darüber im Kollegium gelegt hatte, als Jolante eine Nachricht mit folgendem Wortlaut in ihrem Postfach vorfand:

„*Verehrte Kollegin!*

Ich werde von heute an eine Woche lang im <Corleone>, das ist das italienische Restaurant in der Rathausgasse, um 20:00 Uhr sitzen und auf Sie warten.

Ich möchte Sie auf einen Loup de Mer[1] einladen; er ist eine wahre Offenbarung. Es gäbe aber auch Pizza und Pasta.

Mein Angebot gilt für eine Woche. Danach verfällt es und wird auch nicht wiederholt.

Diese Einladung hat den einzigen Zweck, mehr über Ihre Person in Erfahrung bringen zu können, und er sollte keinesfalls als Date oder als eine plumpe Anmache gesehen werden.

Ich habe meine Ausdrucksweise dem heutzutage gebräuchlichen Sprachduktus angepasst, und ich gehe davon aus, dass Sie damit umgehen können.

Dr. Georg Merlinger, Oberstudienrat"

Als Jolante Bach das gelesen hatte, musste sie erst einmal tief durchatmen. Sie blickte sich vorsichtig um, ob sich der Verfasser vielleicht in der Nähe befinden würde. Danach las sie sich den Brief noch einmal durch.

Ihre erste, spontane Eingebung hieß sie, diese abstruse Einladung abzulehnen. Aber unmittelbar danach gebot ihr die Neugier, sich darauf einzulassen.

*****

---

[1] Europäischer Wolfsbarsch

Oberstudienrat Dr. Georg Merlinger war gern gesehener Stammgast im „Corleone". Er hatte sogar einen eigenen Tisch, der ständig für ihn reserviert war.

Der regelmäßige Besuch des Restaurants, in Verbindung mit einem stets üppig ausfallenden Trinkgeld hatte ihm dieses Privileg beschert.

„Buonasera Dottore!"

Luigi, einer der Kellner des Restaurants, begrüßte den Oberstudienrat auf die gewohnte Weise.

„Buonasera Luigi, come stai?"

Anfänglich hatte sich Georg dagegen gewehrt, zumal ihm bewusst war, dass alle, vielleicht außer den Chefitäten, wesentlich besser Deutsch als Italienisch sprachen.

Aber im Laufe der Zeit hatte er sich dem Charme dieser Sonderheit gebeugt, und inzwischen gefiel es ihm sogar ein wenig.

„Bene, Dottore, molto bene; grazie!", antwortete Luigi und überreichte Georg die Speisekarte.

„Ich erwarte noch einen Gast", sagte Georg und legte die Speisekarte zur Seite.

„Aber du kannst mir eine Flasche Pino Grigio bringen und zwei Gläser."

„*Kommt sofort, Dottore*", erwiderte Luigi, und mit einer eleganten Kehrtwendung machte er sich auf den Weg, dem Wunsch seines Lieblingsgastes nachzukommen.

Als über eine Stunde vergangen war, bestellte Georg eine Pizza, welche er lustlos in sich hineinstopfte, während er immer wieder einmal auf seine Uhr sah.

Kurz vor Mitternacht gab er die Hoffnung auf. Er trank den letzten Rest seiner Bouteille, beglich die Rechnung und machte sich auf den Nachhauseweg.

Am nächsten Morgen traf er – en passant – auf die Kollegin Bach. Man nickte sich kurz zu und tat so, als wäre nichts geschehen.

Die Gedanken, welche sich dabei in den Köpfen der zwei Kollegen abspielten, hätte wohl jeder der Beiden nur zu gern von dem anderen gewusst; sie blieben jedoch verborgen.

Das Spiel wiederholte sich an den darauffolgenden Abenden noch fünf Mal, jedoch mit dem kleinen Unterschied, dass Georg den Pinot Grigio glasweise trank.

Der Konsum einer ganzen Flasche am ersten Abend hatte den Heimweg damals als sehr beschwerlich in seiner Erinnerung zurückgelassen.

In der festen Überzeugung, dass auch der siebte Abend ebenso verlaufen würde, wie die Abende zuvor, betrat Georg das „Corleone".

Und dann wurde er eines Besseren belehrt.

„Die Signora sitzt schon an Ihrem Tisch, Dottore!"

Anstatt der üblichen Begrüßung waren das die Worte von Luigi, welche diesem genüsslich über die Lippen gegangen waren.

Natürlich war das Verhalten des „Dottore" diskutabel-würdiger Gesprächsstoff beim Personal des „Corleone".

„Das ist aber eine Überraschung, Frau Bach. Guten Abend!"

Georg war zum Tisch gegangen, eingetaucht in dem Bemühen, seine Verwirrung elegant zu überspielen.

„Ich hoffe doch, es ist eine freudige Überraschung", antwortete Jolante, worauf Georg antwortete:

„Zumindest eine unerwartete Überraschung."

Georg hatte mit dieser Antwort den Fehdehandschuh aufgenommen. So leicht würde er es der Frau, die ihn ganz offensichtlich an der Nase herumgeführt hatte, wie einen Tanzbären, nicht machen.

„Wenn Ihnen mein Erscheinen unangenehm sein sollte, oder Sie wünschen, ich soll gehen, dann werde ich das gerne tun", erwiderte Jolante, die sehr wohl bemerkt hatte, dass eine kleine Portion Zündstoff der Antwort Georgs beigemischt war.

„Weder das eine noch das andere", sagte Georg, „ich freue mich, dass Sie meiner Einladung gefolgt sind."

Er setzte sich nieder, und es kam ihm sehr zupass, dass Luigi in diesem Augenblick die Speisenkarten brachte.

„Darf ich Ihren Getränkewunsch erfragen?", sagte Luigi in gehobener Wortwahl, worauf Georg seinerseits Jolante fragte:

„Was präferieren Sie, Frau Bach? Weißwein, Rotwein oder vielleicht Bier?"

„Ich präferiere Weißwein, Dr. Merlinger. Am liebsten schön trocken", antwortete Jolante, und sie musste, ebenso wie die anderen, ein aufkeimendes Lachen unterdrücken, was dem geschraubten Gesprochenen aller Beteiligten geschuldet war.

Damit war der Bann gebrochen. Georg steckte sein Schwert zurück in die Scheide, und Jolante tat es ihm gleich.

„Im Übrigen liebe ich Fisch", schob Jolante hinterher, „und ich bin schon sehr auf den Loup de Mer gespannt."

„Heißt das, ich darf bestellen?", fragte Georg, und Jolante antwortete:

„Ich bitte darum, Herr Merlinger."

Sowohl der Fisch, als auch der Wein fanden uneingeschränkte Zustimmung bei Jolante, und sie war voll des Lobes und der Begeisterung.

„Sie haben wirklich nicht übertrieben, Herr Merlinger", sagte Jolante, *„der Fisch war ein Erlebnis, und der Wein passte vorzüglich dazu."*

„Das freut mich sehr, Frau Bach", erwiderte Georg und hielt danach kurz inne. Er betrachtete sein Gegenüber, und was er sah, sah er in diesem Augenblick mit ganz anderen Augen, als noch vor einer geraumen Weile.

Er sah eine Frau, schätzungsweise gute zehn Jahre jünger als er selbst, mit einer tadellosen Figur und einem hübschen Gesicht. Ihr dezentes Make-up gefiel ihm besonders. Er mochte diese aufgetakelten Frauen nicht, die sich herrichteten, um eine deutlich erkennbare Signalwirkung dadurch zu erlangen.

Und dann waren da noch die Augen dieser Frau. Dunkle, große Augen, die in Verbindung mit einem sanft geschwungenen Mund und einer eher kleinen Nase das Gesicht vollkommen erscheinen ließen.

„Wäre es zu direkt, zu plump; ich weiß nicht, zu aufdringlich, wenn ich Sie bitten würde, mich beim Vornamen zu nennen?"

Georg war über sich selbst überrascht, als er sich das sagen hörte. Er konnte sich nicht erinnern, wann er zum letzten Mal seine soziale Ader nach außen gekehrt hatte.

Er hatte es bisher vorgezogen, sein in sich zurückgezogenes Leben zu führen, und er war damit völlig zufrieden.

Er hatte sich während der Studienzeit seine Hörner abgestoßen, und danach hatte es keine Frau gegeben, welche ein dauerhaftes Interesse bei ihm hätte hervorlocken können.

Und jetzt gab es diese Frau, die in einem ungewöhnlichen Alter als Referendarin an seine Schule gekommen war.

„Es ist weder zu plump, noch zu direkt und auch keinesfalls zu aufdringlich, dass Sie mir diesen Vorschlag unterbreiten, lieber Georg, und ich nehme ihn auch sehr gern an.

Sollten Sie jedoch morgen, bei klarem Kopf und Verstand, Ihre Entscheidung wieder bereuen, so können Sie gern widerrufen. Bis dahin jedoch möchte ich Sie bitten, mich Jolante oder auch Jolly zu nennen. So nennen mich übrigens meine Freunde."

Georg fühlte eine leichte Röte in sein Gesicht aufsteigen. Es war ihm unangenehm, ja beinahe peinlich, dass ihm das passierte.

Er fragte sich, was da gerade mit ihm passierte.

„Ich werde doch nicht verliebt sein?", dachte er sich und wischte diesen verrückten Gedanken stante pede mit der Bemerkung fort:

„Ist Ihnen auch so warm wie mir?"

Jolante lächelte und antwortete:

„Nicht wirklich, Georg. Wahrscheinlich ist es der Wein."

Georg nahm dieses Geschenk dankbar an. Er nahm sein Glas in die Hand und hielt es Jolante entgegen.

„Ich danke Ihnen für den bezaubernden Abend, liebe Jolly. Ich habe mich schon lange nicht mehr so wohl gefühlt."

„Das geht mir genauso, lieber Georg, und vielen Dank für die Einladung", antwortete Jolante und stieß mit ihrem Glas an.

„Das können wir gern wieder einmal machen, wenn sie möchten und auch Zeit haben."

„Ich würde mich freuen", antwortete Jolante, *„von mir aus gleich, nächste Woche."*

„Abgemacht", antwortete Georg, *„ich werde wieder einen Zettel in Ihr Postfach legen, wenn es recht ist."*

*****

Die Aula der Schule war bis auf den letzten Platz gefüllt. Zu dem speziellen Anlass hatten sich hohe Persönlichkeiten aus der Region versammelt, und als ganz besonderer Gast war Dr. Erich Blaut, der stellvertretende Kultusminister, erschienen.

Es ging darum, den scheidenden Leiter des Immanuel-Herz-Gymnasiums, Herrn Oberstudiendirektor Dietrich Henlein, zu verabschieden.

Hinzu kam die Verleihung der Faustus-Mannhard-Medaille für herausragende Verdienste im Schuldienst.

Oberstudiendirektor Henlein hatte – gegen alle Widerstände – ein neues Notensystem an seiner Schule eingeführt, welches – nach zähem Ringen – bundesweit übernommen wurde.

Der stellvertretende Kultusminister ertrank beinahe selbst in den Tiefen seiner Lobeshymne, und die Gattin von Oberstudiendirektor Henlein verbrauchte mehrere Papiertaschentücher bis zum Ende der Rede.

Als der Herr Oberstudiendirektor die Medaille überreicht bekommen hatte, ließ auch er es sich nicht nehmen, eine ähnlich lange Rede zu halten.

Die Konzentration der Anwesenden war schon fast bis zur Gänze aufgebraucht, als Oberstudiendirektor Henlein eine Bombe platzen ließ.

„Ich bin mir natürlich völlig im Klaren darüber, dass die Nachfolge für meinen Posten an höherer Stelle entschieden wird.

Aber ich erlaube mir an dieser Stelle eine Empfehlung auszusprechen:

Mein noch relativ junger Kollege, Oberstudienrat Dr. Georg Merlinger, ist nicht nur eine engagierte und fähige Lehrkraft, er verfügt darüber hinaus über Fähigkeiten, welche ihn für dieses Amt prädestinieren.

Er ist eine Respektsperson, er wird vom gesamten Kollegium und den Schülern geschätzt, und er stammt nicht zuletzt aus einer langen Reihe von Pädagogen in der eigenen Familie.

Ich, für meine Person, könnte mir keinen besseren Nachfolger für mich wünschen. Ich hoffe sehr, dass man höheren Orts meine Empfehlung in Erwägung ziehen wird.

Ich danke Ihnen!"

Am Ende seiner flammenden Rede setzte Applaus ein. Die Anwesenden waren aufgestanden und jubelten ihrem scheidenden Oberhaupt zu.

Der Blick von Oberstudiendirektor Henlein richtete sich beinahe fordernd auf Dr. Blaut, den stellvertretenden Kultusminister.

Dieser schaute ungläubig auf die noch immer heftig applaudierende Versammlung.

Aber am meisten erstaunt war der Mann, der regungslos auf seinem Stuhl sitzen geblieben war: Oberstudienrat Dr. Georg Merlinger.

Er war genauso ahnungslos wie alle anderen. Der Gedanke, je eine solche Position anzustreben, wäre ihm noch nicht einmal im Traum gekommen. Das war überhaupt nicht seine Welt und auf gar keinen Fall für ihn erstrebenswert.

Plötzlich sah er sich aufmunternden Blicken und heftigem Kopfnicken der Umstehenden ausgesetzt. Er erhob sich langsam, was zur Folge hatte, dass der Applaus noch weiter zunahm.

Am heftigsten, so schien ihm, applaudierte seine Sitznachbarin, Studienreferendarin Jolante Bach. Ihre Handflächen mussten sich schon dunkelrot verfärbt haben, so laut drängte das Geräusch ihres „in die Hände Klatschens" an sein Ohr.

Der Applaus ebbte allmählich ab und die Versammlung setzte sich wieder nieder. Das Streicher-Trio stimmte einen würdigen, musikalischen, abschließenden Beitrag an und danach gab es Schnittchen und Getränke für die Gäste und das Kollegium.

Die Schüler, welche dem feierlichen Akt beigewohnt hatten, wurden jedoch zuvor aus der Aula wieder höflich hinauskomplimentiert.

*****

„Darf ich gratulieren, Herr Kollege?"

Jolante Bach hatte mit dieser Frage gewartet, bis die anderen, weit wichtigeren Personen, ihren Schleim abgelassen hatten.

Das mit dem *„vom ganzen Kollegium geschätzten Oberstudienrat Dr. Merlinger"* stammte aus dem Reich der Fantasie.

Gefürchtet – ja; aber geschätzt?

Oberstudienrat Hermann Schüller beispielsweise, der zwar keinen Doktortitel hatte, wie Dr. Merlinger, und der schon wesentlich länger im Schuldienst war, hatte große Ambitionen auf das Amt des Schulleiters.

Oder Fräulein Dr. Hildegard Meinrad, Tochter des Vorgängers von Oberstudiendirektor Dietrich Henlein, ebenfalls ein Urgestein am Gymnasium, hatte sich durchaus Chancen ausgerechnet.

Diese beiden waren auf gar keinen Fall begeisterte Anhänger von dem jungen Pädagogen Dr. Merlinger.

Aber alle schüttelten ihm die Hand und lobpreisten den Vorschlag des Herrn Oberstudiendirektors.

Ihre feisten Lügen reichten von *„es hätte keinen Besseren treffen können als Sie, verehrter Herr Kollege"*, bis hin zu *„meine Stimme haben Sie auf jeden Fall"*.

Oberstudienrat Dr. Merlinger hatte sich am Anfang noch gewehrt, *„das ist doch nur ein Vorschlag des Herrn Oberstudiendirektors, und es ist doch gar nicht gesagt, dass man höheren Orts auch mitspielt"*, hatte dann aber die Glückwünsche willig über sich ergehen lassen.

„Bitte nicht, Jolly", beantwortete Georg Merlinger die Frage seiner Kollegin mit beinahe flehentlichem Blick, und fügte hinzu:

„Können wir uns in ein paar Minuten im <Corleone> treffen?"

Jolante Bach war überrascht. Zum einen, weil Georg sie gerade „Jolly" genannt hatte, und zum anderen, weil er offensichtlich gerade im Begriff war, die Flucht anzutreten.

Sie wollte ihm antworten, dass er das nicht tun könne, sage aber stattdessen:

„Sehr gern."

Und schon wenige Minuten später saßen sich die beiden Flüchtigen im „Corleone" gegenüber.

Luigi staunte nicht schlecht, als Jolante Bach ins Lokal gestürmt kam und aufgeregt fragte:

„Ist der Tisch von Dr. Merlinger frei; er kommt auch gleich."

„*Si, si, Signora*", antwortete Luigi, *"der Tisch ist immer frei für den Dottore."*

„*Prima, Luigi*", erwiderte Jolante, und Luigi freute sich, dass ihn die Signora gerade mit seinem Vornamen angesprochen hatte.

Luigi mochte Menschen mit guten Manieren besonders. Sie waren der krasse Gegenpol zu jenen Gästen, die glaubten, ein Kellner sei der Fußabstreifer für ihre üblen Launen.

„*Darf ich Sie an den Tisch geleiten, Signora?*", fragte Luigi glückselig, machte eine elegante einladende Bewegung, und schwebte danach förmlich durch das Lokal, in Richtung „Ganz privater Tisch des Dottore Merlinger".

Es dauerte noch eine knappe halbe Stunde, dann erschien auch Georg Merlinger.

„*Es ist unglaublich*", sagte Jolante zu Georg, „*das Lokal ist voll und trotzdem war Ihr Tisch frei, als ich gekommen bin. Wie machen Sie das, Georg?*"

Was Jolante nicht wissen konnte, war die Tatsache, dass Dr. Georg Merlinger vom bedienenden Personal des „Corleone" heimlich „re dei mancia"[2] genannt wurde.

„*Ich weiß es nicht, Jolly*", antwortete Georg, „*vielleicht, weil ich sehr oft hierherkomme.*"

---

[2] König des Trinkgelds

Jolante gab sich mit dieser Erklärung zufrieden; aber wohl auch deshalb, weil ihr selber keine Bessere einfiel.

Es war um die Mittagszeit, als die beiden im „Corleone" saßen, und das Lokal war gut besucht.

Die Kellner huschten hin und her, und der Geräuschpegel von Geschirr und angeregten Gesprächen der Gäste war relativ hoch.

Georg und Jolante hatten sich eine Pasta genommen und ein Glas Rotwein. Für Loup de Mer und Pinot Grigio war gerade nicht die richtige Zeit.

„Wären Sie damit einverstanden, wenn ich Sie entführen würde?", fragte Georg nach dem Essen unvermindert.

Jolante schaute Georg erstaunt an. In ihrem Kopfkino spielte gerade ein Film, der viel eher das Thema „verführen", anstelle von „entführen" zum Inhalt hatte.

„Wie meinen Sie das, Georg?", fragte sie vorsichtig, während sie dem Film in ihrem Kopf weiter ihre ganze Aufmerksamkeit widmete.

„Ich kenne eine Location, welche die Bezeichnung „Café- und Weinstube Adler" führt. Sie liegt etwas außerhalb, und sie haben den besten Barista[3], den man sich vorstellen kann."

---

[3] Meister der Kaffee-Zubereitung

Jolante schaute weiterhin ungläubig zu Georg und zugleich auch überrascht darüber, welcher Wortwahl sich ein Endvierziger bedient.

Georg wiederum hoffte noch immer auf die ausstehende Antwort, und schob fürsorglich nach:

„Bei dem augenblicklichen Lärm, der hier herrscht, kann man sich ja nicht unterhalten."

Die Filmvorführung wurde jäh unterbrochen, weil Jolante jetzt die Frage Georgs richtig einzuordnen vermochte.

„Das ist eine wunderbare Idee, Georg", gab sie nun die erlösende Antwort, *„dann entführen Sie mich ganz einfach!"*

Georg sah Jolante erleichtert an und rief Luigi, um die Rechnung zu begleichen.

„Hat es geschmeckt, Dottore e Signora?", fragte Luigi in gewohnt höflicher Manier, worauf seine Lieblingsgäste ihre vollste Zufriedenheit bekundeten.

Die Fahrt zur „Café- und Weinstube Adler" dauerte nicht lange. Jolante war nicht wirklich überrascht, dass Georg mit dergleichen Höflichkeit und einem überirdischen Zuvorkommen begrüßt wurde, wie im „Corleone".

Einziger Unterschied war: Der Kellner war ein Servierfräulein und hörte auf den Namen Mitzi.

„Haben Sie noch weitere Stützpunkte, bei denen Sie ein gern gesehener Gast sind?", fragte Jolante, und Georg antwortete:

„Finden Sie es heraus, meine Liebe."

Jolante war aufgefallen, dass unter dem Schriftzug des Lokals ein Zusatz angebracht war, welcher darauf hinwies, dass auch Fremdenzimmer zur Verfügung stehen.

Und wie von Zauberhand setzte der Filmprojektor in ihrem Kopf spontan wieder ein, um den Film von vorhin weiter abzuspulen.

„Bist du verrückt!", rief sich Jolante selbst zur Ordnung, *„ich kenne den Mann kaum, und wir sind noch nicht einmal Freunde."*

„Was sagen Sie, Jolante?", fragte Georg wenig später, als sie an einem Tisch saßen und von Fräulein Mitzi liebevoll betreut wurden.

Die besagte Betreuung beinhaltete auch den sehr persönlichen Umgang seitens der Servierkraft, welche mit Äußerungen, wie *„Jetzt waren `S aber lang nimmer da, Herr Doktor"* oder *„Schön, dass Sie mal wieder vorbeischaun"*, deutlich erkennen ließen, dass es sich bei dem Fräulein Mitzi eindeutig um eine ausländische Arbeitskraft handelte.

Jolante fielen augenblicklich Hans-Moser-Filme ein, in welchen ein ebensolcher Singsang vorkam.

„Stopp!"

Jolante rief sich erneut zur Ordnung.

„Du benimmst dich schon, wie eine eifersüchtige Ehefrau."

Und just in diesem Moment drängte sich ihr die Frage auf:

„Bist du etwa in diesen Mann verliebt?"

„Einen Penny für deinen Gedanken", sagte Georg, und das DU war ihm dabei einfach so herausgerutscht.

Das Wort *„Entschuldigung"*, folgte diesem Lapsus Linguae[4] augenblicklich auf dem Fuß.

„Dazu besteht überhaupt keine Veranlassung, lieber Georg", flötete Jolante einer Amsel gleich und setzte nach:

„Von mir aus können wir gern dabei bleiben."

Georg strahlte über das ganze Gesicht und winkte sofort das Fräulein Mitzi herbei.

„Haben Sie auch Champagner?", fragte er aufgeregt, worauf das Fräulein Mitzi mit einem Augenzwinkern antwortete:

---

[4] Versprecher

„Nein, leider nicht, lieber Herr Doktor. Aber vielleicht tut `s ja auch ein Sekterl."

„Natürlich, Fräulein Mitzi", entgegnete Georg, *„dann bringen `s uns halt ein Sekterl."*

Jolantes Sympathie für dieses Wesen, welche von Anbeginn nicht gerade üppig war, fuhr gerade mit Eiltempo in den Keller.

Und die Art und Weise, wie Georg sich auf den Sprachduktus der ausländischen Servierkraft eingelassen hatte, half ihr dabei.

„Ein bezauberndes Wesen, dieses Fräulein Mitzi", sagte Georg, als sich diese vom Tisch wieder entfernt hatte. *„Findest du nicht auch, Liebes?"*

Jolante brauchte all ihre Kraft, als sie die faustdicke Lüge der Zustimmung über ihre Lippen schob.

Hinzu kam, dass das Leiden kein Ende nehmen wollte.

„Gibt `s was zum Feiern, Herr Doktor?", fragte das Fräulein Mitzi mit grammatikalischem Unvermögen, als sie das „Sekterl" servierte, worauf Georg antwortete:

„In der Tat, Fräulein Mitzi, in der Tat."

Jolantes Stimmung bewegte sich unaufhaltsam in Richtung Keller. Der Tag war bisher so schön verlaufen, und er schien sich noch weiter vervollkommnen

zu wollen, bis dieses unsägliche Fräulein auf der Bildfläche erschienen war.

„Mir ist nicht gut", sagte Jolante aus dem Nichts
heraus, *„können Sie mich bitte umgehend nach Hause
fahren, Dr. Merlinger?"*

Georg schaute entsetzt in Jolantes Gesicht. Als er in
eine Mischung aus Enttäuschung und scheinbarer Wut
blickte, gepaart mit der Anrede „Dr. Merlinger", erschien es ihm ratsam, erst gar nicht zu fragen, geschweige denn den Versuch der Umstimmung zu wa-
gen.

„Selbstverständlich, Frau Bach", antwortete Dr.
Merlinger, beglich die Rechnung und verließ mit seiner Begleiterin den Ort des Unverständnisses.

Zurück blieben zwei angefüllte Gläser, die dazu
gehörige Sektflasche und das völlig perplexe Fräulein
Mitzi.

*„Statt um die depperte Blunzn⁵, sollte der Doktor
lieber um mich herumscharwenzeln⁶"*.

Mit diesem Gedanken versehen, opferte sich das
Fräulein Mitzi, indem sie die beiden Gläser Sekt aus-
trank, die angebrochene Flasche schnappte, um sie am
Abend zuhause „zu entsorgen".

*****

---

⁵ Schimpfwort (wienerisch)
⁶ Umwerben (wienerisch)

Die nächsten Tage waren sowohl für den Oberstudiendirektor Dr. Merlinger als auch für die Studienreferendarin Bach eine rechte Tortur.

Man bemühte sich, einander so wenig wie möglich zu begegnen, was bei einem gemeinsamen Arbeitsplatz nur schwer bis gar nicht möglich ist.

Das geschah jedoch so offensichtlich, wodurch es unausweichlich blieb, dass schon bald Getuschel unter dem Lehrkörper entstand.

Sogar das Fräulein Dr. Hildegard Meinrad konnte es sich nicht verkneifen, ihre Gallenblase zu entleeren, die seit dem Affront bei der Verabschiedung ihres Vorgesetzten noch randvoll war.

„Wenn Sie demnächst unserer Lehranstalt als Leiter vorstehen werden, dann sollten Sie die Leistungen von Fräulein Bach einmal überprüfen. Ich denke, sie wird den Anforderungen nicht gerecht.“

Georg fühlte eine solche Wut über das Gesagte in sich aufsteigen, dass er sich hinreißen ließ, zu sagen:

„Die Kollegin Bach ist zwar noch im Aufbau ihres Wirkens an dieser Anstalt begriffen, aber ich denke, aus ihr wird einmal eine hervorragende Pädagogin.“

Nachdem Georg diesen Worten genügend Zeit gelassen hatte, ihre Wirkung zu entfalten, legte er freudig nach:

„Indes, wenn ich Ihre Leistung betrachte, verehrtes Fräulein Hildegard; vor allem in Hinblick auf Charakter, dann bin ich mir nicht sicher, ob diese noch weiter absinken kann. "

Georg hatte bewusst den Doktortitel und den Nachnamen seiner Kollegin nicht ausgesprochen, und er genoss jede einzelne Phase des augenblicklich stattfindenden Verfalls des vor ihm stehenden Schandmauls.

Hildegard rang nach Luft. Ihr Gesicht glich dem Rot einer überreifen Tomate, welche jeden Augenblick zu platzen drohte.

Als sie wieder genügend Luft hatte, sich zu artikulieren, stieß sie in höchster Gehässigkeit hervor:

„Das wird Folgen haben, Kollege Merlinger; dafür werde ich sorgen. Sie werden nie und nimmer Direktor dieser Schule werden. "

„Und Sie werden niemals eine liebenswerte Frau werden, verehrtes Fräulein Hildegard! "

Mit dieser Riposte[7] war das Gespräch beendet. Die beiden Gegner entfernten sich in gegensätzlicher Richtung und damit begann eine lebenslange Feindschaft.

*****

---

[7] Gegenangriff beim Fechten

Was niemand so recht erwartet hätte, und am wenigsten wohl Dr. Merlinger selbst, trat ein. Er wurde tatsächlich zum Nachfolger von Oberstudiendirektor Dietrich Henlein bestellt.

Zunächst zwar nur mit dem Titel eines Studiendirektors; aber den Zusatz „Ober" würde ihm, im Verlaufe der nächsten Jahre, automatisch verliehen werden.

Er musste nur darauf bedacht sein, keine kriminellen Handlungen vorzunehmen oder sich einer kriminellen Vereinigung anzuschießen.

Die Freude über seine Ernennung hielt sich in Grenzen. Zu viel Administration und weniger Unterricht. Das war so gar nicht nach Georgs Geschmack.

Im Zuge seiner Ernennung hatte Georg das gesamte Kollegium zu einem Umtrunk eingeladen, und alle waren dem gefolgt, mit Ausnahme von Fräulein Dr. Hildegard Meinrad, die eine Migräne zu haben vorgab, was genau genommen aber durchaus vorstellbar war, und Fräulein Bach, der Studienreferendarin.

Letztere war ohne Begründung ganz einfach ferngeblieben.

Etwa eine Woche später ließ Studiendirektor Merlinger die Studienreferendarin zu sich rufen. Als sie in sein Büro trat, hieß er die Kollegin Platz nehmen, ohne seinen Blick zu heben.

Studiendirektor Merlinger hatte vor sich auf seinem Schreibtisch die Personalakte von Fräulein Bach liegen, von der er jetzt aufblickte und sagte:

„Fräulein Bach, Ihre Referendarzeit nähert sich nun bald dem Ende, und es obliegt mir eine Beurteilung abzugeben.

Von ihr wird weitgehend abhängen, wie sich Ihr weiterer beruflicher Werdegang gestalten wird.

Eine nicht unwesentliche Rolle kann hierbei aber auch Ihr fortgeschrittenes Alter spielen."

Hatte sich Jolante Bach bisher bemüht, ihre Erregung zu verbergen, so lief das Fass bei der letzten Bemerkung völlig über.

Sie sprang auf, starrte ihren Vorgesetzten mit weit aufgerissenen Augen an und sagte so laut, dass es die Sekretärin im Vorzimmer mitbekommen musste:

„Sie sind ein Chauvinist, Herr Direktor. Schreiben Sie, was Sie wollen. Ich freue mich schon darauf, und auch auf den Tag, an dem ich dieser Schule den Rücken kehren kann."

Jolante Bach riss die Tür zur Vorzimmerdame auf und rannte hinaus. Tränen liefen ihr übers Gesicht. Sie fragte sich, wo war der charmante Mann geblieben, in den sie sich so sehr verliebt hatte?

*****

46

„Verehrtes Fräulein Bach!

Bitte, lesen Sie diesen Brief zu Ende, und werfen Sie ihn erst danach weg."

Mit diesen Worten begann ein Brief von Georg, welchen Jolante ein paar Tage später in ihrem Fach vorfand.

Ihre erste Reaktion war, den Brief zerreißen zu wollen. Aber dann beschloss sie, ihn nur ein klein wenig weiterzulesen. Danach könnte sie ihn ja noch immer zerreißen.

„Ich weiß nicht, was mit uns passiert ist. War es gekränkter Stolz, der mich so hat reagieren lassen? Ich weiß bis heute nicht, warum du damals so abrupt nach Hause wolltest. Ich habe mich immer wieder gefragt, ob und wenn, was ich falsch gemacht habe. Eine Antwort darauf habe ich bis heute nicht gefunden. Die Sache mit deinem plötzlichen Unwohlsein habe ich damals nicht geglaubt, und ich tu es noch immer nicht.

Sollte ich dir gerade unrecht tun, dann zerreiße jetzt den Brief. Das wäre dann wohl der geeignete Zeitpunkt dafür.

In diesem Fall liegt es wohl daran, dass ich von Frauen einfach nichts verstehe. Leider...

Jolante musste lächeln. Ihrem weichenden Groll folgte gerade eine ungeheure Neugier auf die Worte, welche noch folgen würden.

„Ich hoffe, du hast den Brief noch nicht zerrissen, denn ich muss dir unbedingt noch etwas sagen.

Vielleicht war es ein Fehler von mir, dir meine Gefühle für dich nicht zu offenbaren, die ich von Anbeginn an hatte. Ich nehme an, ich war zu feige. Warum sollte eine so wunderbare Frau wie du, für mich dasselbe empfinden, wie ich für sie. Ich bin ja doch ein paar Tage älter als du, und dass ich so meine Marotten habe, wird dir ja wohl kaum entgangen sein.

Mein größter Wunsch wäre, die Zeit zurückzudrehen. Ich weiß schon, dass es heißt, das wäre nicht möglich. Aber wenn die Liebe Berge versetzen kann, warum sollte man nicht auch die Zeit zurückdrehen können?

Ich werde also jeden Abend, für eine Woche lang, im „Corleone" sitzen und auf dich warten. Dort gibt es einen herrlichen Loup de Mer und einen formidablen Pinot Grigio. Es gibt aber auch Pasta und Pizza.

Liebes Fräulein Bach, es wäre ein solches Geschenk für mich, dass ich für dessen Bedeutsamkeit einfach kein passendes Wort finde. Eine Bitte hätte ich noch: Wenn es möglich ist, wäre mir Ihr Erscheinen, gleich am ersten Abend, sehr willkommen, weil ich fürchte, dass mein Herz mir sonst den Dienst versagen wird.

Ihr Georg Merlinger, reuiger Sünder

*****

„Buonasera Dottore!"

Luigi hatte den Studiendirektor auf die gewohnte Weise freudig begrüßt, worauf Georg geantwortet hatte:

„Buonasera Luigi!"

Im Unterschied zu sonst, hatte Georg dieses Mal vergessen, sich nach dem Befinden von Luigi zu erkundigen, was diesen verwunderte und wohl auch ein klein bisschen enttäuschte.

„Kommt die Signora auch?", fragte Luigi eher lustlos, und Georg antwortete:

„Ich weiß es nicht, Luigi; aber ich hoffe es."

Luigi hatte bemerkt, dass die Stimme seines Lieblingsgastes nicht von der sonst üblichen Unbeschwertheit getragen war, und der Gesichtsausdruck von Georg vervollkommnete den Eindruck bei Luigi.

Er beschloss, dem Dottore die Nachlässigkeit zu verzeihen und fragte, jetzt wieder betont freundlich:

„Ein Glas Pinot Grigio, Dottore?"

Dieses Prozedere wiederholte sich Abend für Abend, bis zum Letzten. Dann passierte etwas Seltsames.

Eine junge Frau kam herein, pflanzte sich vor Georg auf und fragte mit energischer Stimme:

„Sind Sie Doktor Gnadenlos?"

Die anderen, anwesenden Gäste unterbrachen ihr Essen bzw. hielten ihre Unterhaltung an und schauten zum Tisch von Studiendirektor Dr. Merlinger.

Luigi eilte herbei, um den Störenfried umgehend zu entfernen; aber Georg wehrte mit einer Handbewegung ab.

„Wer sind Sie und was wollen Sie?", fragte Georg, worauf ihm die junge Frau eine Zeitung entgegenhielt und ihm eine Gegenfrage stellte:

„Dann ist das wohl von Ihnen?"

Georg sah auf die Annonce, welche er in die Zeitung gegeben hatte, und worauf ein Bild von Jolante zu sehen war, mit der Frage nach ihrem Verbleib.

Die Sorge hatte ihn umgetrieben, es könnte ihr wohl etwas Übles geschehen sein, denn wie sonst wäre ihr sang- und klangloses Verschwinden zu erklären gewesen.

Sie war ad 1 nicht zum Schuldienst erschienen und ad 2 nicht über ihr Smartphone erreichbar. Es meldete sich jedes Mal die Mailbox, und das war völlig inakzeptabel für Georg.

„Das ist richtig", antwortete Georg, *„aber was hat das mit Ihnen zu tun?"*

Die junge Frau hatte sich zwischenzeitlich gesetzt, ohne jedoch von Georg dazu aufgefordert worden zu sein.

„Ich weiß nicht, was mich mehr überrascht", setzte Georg nach, *„Ihre Unverfrorenheit oder Ihre schlechten Manieren. Bitte, verlassen Sie sofort meinen Tisch!"*

„Schade", erwiderte die junge Frau und stand auf. *„Ich dachte, es könnte Sie interessieren, wo sich die gesuchte Frau befindet."*

Sie wollte sich gerade abwenden, als Georg in barschem Ton sagte:

„Setzen Sie sich sofort wieder hin!"

„Jawohl, Herr Doktor!", antwortete die junge Frau in süffisanter Manier und setzte sich nieder.

„Also, was wissen Sie von dieser Frau?", fragte Georg.

„Das wird aber nicht billig", antwortete die junge Frau grinsend.

„Wie viel?", fragte Georg ohne Umschweife.

„Ein Fuffi müsste es Ihnen schon wert sein", antwortete die junge Frau, worauf Georg erwiderte:

„Es muss <einen Fuffi> heißen und nicht <ein Fuf-fi>, und woher weiß ich, dass Sie mir die Wahrheit sagen?"

„Gar nicht, antwortete die junge Frau, *„Risiko."*

Georg sah die junge Frau prüfend an und entnahm dann seiner Geldbörse einen Fünfzigeuroschein. Er legte ihn wortlos auf den Tisch.

Die junge Frau nahm den Schein und sagte:

„Es ist ihnen wirklich ernst. Sie lieben diese Frau."

„Woher wollen Sie das wissen?", erwiderte Georg.

Die junge Frau lächelte. Es war ein weiches, sympathisches Lächeln.

„Weil Sie nicht versucht haben, zu handeln."

Mit diesen Worten legte sie den Geldschein wieder auf den Tisch zurück und sagte:

„Ich heiße Merle und bin die Tochter von Jolante. Sie liegt übrigens im Otto-Waldheim-Krankenhaus und hat retrograde Amnesie."[8]

Merle stand auf, und so schnell, wie sie gekommen war, war sie auch wieder verschwunden.

*****

---

[8] Vorübergehender Gedächtnisverlust

Georg hatte Herzklopfen, als er das Otto-Wald-heim-Krankenhaus betrat. Er war mit einem riesigen Blumenstrauß bewaffnet, zusammengestellt von einer fachkundigen Floristin.

„Ich möchte gern zu Frau Bach."

Die Schwester, welche er auf der Station angesprochen hatte, fragte ihn:

„Sind Sie ein Verwandter der Patientin?"

Bevor Georg antworten konnte, trat eine andere Schwester herbei und sagte zu ihrer Kollegin:

„Das geht schon in Ordnung; das ist Herr Dr. Mer-linger vom hiesigen Gymnasium."

Danach wandte sie sich dem Besucher zu und sagte:

„Guten Tag, Herr Doktor. Wenn Sie wollen, dann führe ich Sie zu Frau Bach."

Georg sah die Schwester erstaunt an und fragte:

„Verzeihung; kennen wir uns?"

„Ich bin Elvira Bosch, die Mutter von Anke Bosch."

Georg, der zwar mit beiden Namen nichts anzufangen wusste, jedoch davon ausging, es müsse sich bei

Anke Bosch wohl um eine Schülerin an seinem Gymnasium handeln, antwortete:

„Aber ja, jetzt weiß ich es; entschuldigen Sie bitte, dass ich Sie nicht gleich erkannt habe."

Ein Lächeln huschte über Elviras Gesicht, als sie erwiderte:

„Ich bitte Sie; das macht doch nichts."

Kurz darauf betrat Georg das Krankenzimmer 137, in welchem die Frau ohne Gedächtnis lag.

„Hallo, Jolante!", sagte Georg mit sanfter Stimme.

Die Frau, deren Kopf Turban artig mit Mullbinden umwickelt war, sah den Eindringling skeptisch an.

„Wer sind Sie, und was wollen Sie?"

Georgs Herz begann zu rasen, ihm wurde schwindlig. Er nahm sich einen Stuhl und setzte sich nah an Jolantes Bett.

„Ich bin es, Georg", sagte er erwartungsvoll, worauf die Frau laut gestikulierend rief:

„Gehen Sie weg oder ich rufe die Polizei!"

Georg stand auf und wich zurück.

„Aber ich bin es doch, Jolly", startete er einen weiteren Versuch, unter Zuhilfenahme ihres Kosenamens.

Die Reaktion von Jolante war niederschmetternd.

„Egal, wer Sie sind. Ich kenne Sie nicht, und ich fordere Sie wiederholt auf, mein Zimmer zu verlassen."

Und als ob das nicht schon genug gewesen wäre, schickte sie hinterher:

„Schwester! Schwester!"

„Ist ja gut", versuchte Georg die Patientin zu beruhigen, *„ich gehe ja schon."*

Inzwischen war Schwester Elvira, die Mutter der Schülerin Anke Bosch, herbeigeeilt, um nach dem Rechten zu sehen.

„Was ist los?", fragte Schwester Elvira, worauf Georg tonlos antwortete:

„Es ist schrecklich; Jolly erkennt mich nicht mehr."

„Warten Sie bitte draußen", erwiderte Schwester Elvira, *„ich komme dann gleich zu Ihnen. Ich muss mich nur kurz um Frau Bach kümmern."*

Georg verließ das Krankenzimmer, und Schwester Elvira machte sich daran, die aufgewühlte Patientin wieder zu beruhigen.

*****

Die nächsten Tage verliefen freudlos für Georg. Er rief mehrmals im Krankenhaus an, bekam aber nur Antwort auf seine Fragen, wenn Schwester Elvira Dienst hatte.

Von ihr wusste er auch, was mit Jolante passiert war. Ein übler Mensch hatte sie auf dem Nachhauseweg überfallen, und ihr die Tasche entrissen.

Dabei kam es zu einem heftigen Gerangel, wodurch Jolante zu Sturz kam und unglücklich gegen eine Bordsteinkante fiel.

Das hatte eine schwere Gehirnerschütterung zur Folge und als Beigabe die retrograde Amnesie.

Passanten hatten die Rettung gerufen, und Jolante wurde mit Tatütata und Blaulicht ins Krankenhaus gefahren.

Die eingehenden Untersuchungen ergaben, außer einer schweren Gehirnerschütterung, keine weiteren Befunde.

Bar jedweder Papiere, aus welchen man den Namen der Patientin hätte eruieren können, wurde Jolante als „Unbekannte Patientin" geführt.

Durch die Annonce von Georg aufmerksam geworden, fuhr Merle sofort ins Krankenhaus, um nach der Mutter zu schauen.

Zu ihrer großen Betrübnis wurde sie jedoch von Jolante nicht erkannt. Aber jetzt hatte die Patientin wenigstens einen Namen.

Jolante hatte ihrer Tochter bereits von Georg erzählt, und auch von ihren Gefühlen, welche sie für diesen Mann hegte.

Aus diesem Grund, und auch aus Dankbarkeit, dass Merle durch Georgs Annonce ihre Mutter finden konnte, hatte sie beschlossen, Georg aufzusuchen.

Von Jolante wusste Merle auch von Georgs regelmäßigen Besuchen im „Corleone".

Georg wurde von Tag zu Tag unruhiger. Das Nichtwissen um Jolantes gesundheitlichen Zustand verursachte ihm schlaflose Nächte.

Da fiel ihm ein, dass in den Schulunterlagen ganz sicher die Telefonnummer von der Mutter der Schülerin Anke Bosch hinterlegt sein müsste.

Er beauftragte seine Sekretärin umgehend damit, diese auszuforschen. Und schon Minuten später war er im Besitz derselben.

Georg wählte die Nummer von Elvira Bosch, und er hatte Glück. Elvira meldete sich.

Freudestrahlend unterbreitete Georg seine Bitte, sie möge ihm mitteilen, wann sie Dienst im Krankenhaus habe. Er wolle dann zu diesen Zeiten einen weiteren Versuch der Kontaktaufnahme mit Jolante starten.

Elvira Bosch stimmte dem willig zu, und Georg brachte mit blumigen Worten seinen Dank zum Ausdruck.

Der nächste Krankenbesuch stand an, und Georg hatte sich ein Konzept überlegt. Er wollte es dieses Mal ganz behutsam angehen.

Als er das Zimmer von Jolante betrat, blieb er zunächst einmal bei der Tür stehen. Er verbeugte sich leicht und sagte:

„Guten Tag, verehrte Frau Bach. Mein Name ist Georg Merlinger, und ich bin der Lehrer Ihrer entzückenden Tochter Merle."

Georg machte eine Pause und sah in das Gesicht von Jolante. Die Patientin, inzwischen ohne Turban, machte eine einladende Handbewegung und antwortete:

„Kommen Sie doch ein Stück näher, damit ich sie besser sehen kann."

Georg hätte am Liebsten vor lauter Glückseligkeit gejauchzt. Seine Vorgangsweise schien Früchte zu tragen.

„Ich möchte Sie aber nicht beunruhigen", sagte Georg und kam peu à peu ein Stückchen näher.

„Näher!", sagte Jolante, *„ich beiße nicht."*

„*Da bin ich mir nicht so sicher*", schoss es Georg durch den Kopf, eingedenk der Erfahrung, welche er bei seinem ersten Besuch machen durfte.

„*Nehmen Sie sich doch einen Stuhl und setzen Sie sich zu mir*", forderte Jolante ihren Besucher auf.

„*Sehr freundlich*", erwiderte Georg und tat, wie ihm geheißen wurde. Er setzte sich zu Jolante und sah sie an. Ein warmes Gefühl durchströmte ihn, und er empfand eine tiefe Dankbarkeit, dass seine Jolante noch am Leben war. Und das mit dem Gedächtnis, das würde sich mit der Zeit schon geben.

„*Man hat mir gesagt, dass ich eine Tochter habe*", sagte Jolante, „*sie war sogar schon einmal hier, um mich zu besuchen. Ich glaube, sie heißt Elvira.*"

„*Nein*", widersprach Georg vorsichtig, „*sie heißt Merle. Elvira ist der Name der Krankenschwester.*"

„*Sind Sie ganz sicher?*", fragte Jolante, „*Merle? Was ist das denn für ein komischer Name?*"

Georg zuckte mit den Schultern und sagte dann:

„*Ja, sie heißt Merle, und sie ist ein ganz besonderes Mädchen.*"

„*Und Sie sind Ihr Lehrer?*", fragte Jolante.

Georg beschloss, auf die Geschichte einzugehen. Vielleicht würde Merle das Bindeglied sein, mit welchem er sich Jolante nähern könnte.

„*Und ist sie eine gute Schülerin?*", fragte Jolante, worauf Georg antwortete:

„*Eine sehr gute Schülerin. Nur allerbeste Noten. Eine Musterschülerin, sozusagen.*"

„*Das freut mich*", antwortete Jolante, und sie verfiel in eine traurige Stimmung, als sie hinzufügte:

„*Warum kann ich mich nicht an sie erinnern?*"

Sie klopfte mit der Hand an ihren Kopf, als wolle sie ihre wirren Gedanken wieder in die richtige Ordnung bringen.

„*Um Gottes willen, hören Sie auf!*", sagte Georg und hielt mit seiner Hand Jolantes Hand fest. Mit der anderen Hand strich er ihr zärtlich über den Kopf und sagte:

„*Sie müssen Geduld haben, liebe Frau Bach; Sie werden sehen, alles wird wieder gut.*"

Jolante ließe es geschehen, was Georg überraschte. Sie begann zu lächeln.

„*Sie sind ein guter Mensch, Herr…*"

„*Merlinger*", ergänzte Georg, „*ich heiße Merlinger. Aber Sie könne mich auch gern <Georg> nennen.*"

Georg war erleichtert, als er Jolante sagen hörte:

„Sie haben schöne Hände, Georg."

Georg hatte befürchtet, dass sein Vorschlag, Jolante möge ihn „Georg" nennen, vielleicht zu aufdringlich gewesen sein könnte. Aber dem war nicht so; Gott sei Dank!

„Kenne ich Sie, Georg? Sind wir uns schon einmal begegnet?"

Diese Frage brachte Georg ein wenig in Verlegenheit. Es gab schließlich so viele Möglichkeiten, darauf zu antworten, und er wusste gerade nicht, welche er wählen sollte.

„Vielleicht vom Elternsprechtag?", schlug Jolante vor.

Georg sprang willig auf den gerade vorbeifahrenden Zug auf.

„Genau", antwortete er erleichtert. *„Wir kennen uns daher."*

„Auch daran kann ich mich nicht erinnern…"

Jolantes Traurigkeit war zurückgekehrt.

Sie wandte sich ab und starrte auf die Wand. Georg überlegte gerade in diesem Augenblick, ob er vielleicht lieber gehen sollte, als sich Jolante plötzlich wieder zu ihm umdrehte und sagte:

„Erzählen Sie mir bitte etwas über sich. Sind Sie verheiratet, haben Sie eine Familie? Kinder vielleicht?"

Georg zögerte. *„Was soll ich nur darauf antworten"*, dachte er, und als Jolante vergeblich auf seine Antwort wartete, fragte sie weiter:

„Sind Sie vielleicht schwul?"

Jetzt befand sich Georg in einem totalen, gedanklichen Irrgarten. Er schaute entsetzt in Jolantes Gesicht. Wie, um Himmels willen, kam sie auf diesen Gedanken?

„Nein", stieß Georg mit weit aufgerissenen Augen heraus, *„ich bin nicht schwul."*

Diese heftige Reaktion schien Jolante in ihrem Verdacht zu bestärken, denn sie sagte:

„Das ist doch heutzutage kein Problem mehr. Immer mehr Schwule und Lesben bekennen sich zu ihrer Neigung."

„Ich habe keine Neigung", sagte Georg, und zwar in einer solchen Lautstärke, dass die Tür aufging und eine Schwester den Kopf hereinsteckte.

„Ist alles in Ordnung?", fragte sie, worauf Jolante antwortete:

„Dieser Mann macht mir Angst."

„Sind Sie ein Verwandter?", fragte die Schwester, was Georg wahrheitsgemäß verneinte. Er versuchte ihr klarzumachen, wer er war, und dass Schwester Elvira bitte kommen möge.

„Das geht nicht", antwortete die Schwester, *„meine Kollegin ist mit einem anderen Patienten beschäftigt."*

„Aber…"

„Nichts – aber", herrschte ihn die Schwester mit herrischem Ton an, *„Sie machen der Patientin Angst; also verlassen Sie auf der Stelle das Zimmer, sonst sehe ich mich genötigt, den Sicherheitsdienst zu rufen."*

„Das wird nicht nötig sein", entgegnete Georg, dessen Entsetzen, welches er gerade noch gespürt hatte, sich nun in eine tiefe Traurigkeit umgewandelt hatte.

Er stand auf, richtete einen letzten Blick auf Jolante, und verließ mit gesenktem Haupt das Krankenzimmer.

*****

„Ein Fräulein Merle möchte Sie sprechen."

Seine Sekretärin hatte Georg über die Gegensprechanlage die überraschende Mitteilung gemacht.

„*Schicken Sie sie bitte herein*", erwiderte Georg und stand auf, um Merle entgegenzugehen.

„*Das ist aber eine Überraschung*", sagte Georg und streckte Merle die Hand entgegen.

„*Ich hoffe, es ist eine gute*", erwiderte Merle und schüttelte Georg die Hand.

Es war ein kräftiger Händedruck, was Georg überraschte. So etwas war er von Frauen nicht gewöhnt.

„*Sie können kräftig zupacken*", sagte er, „*das ist außergewöhnlich.*"

„*Finden Sie?*"

Merle lächelte, als sie das sagte.

„*Warum lächeln Sie Merle?*", fragte Georg und fügte noch hinzu:

„*Ich darf Sie doch Merle nennen?*"

„*Dürfen Sie, Georg*", antwortete Merle, und noch bevor sich Georg von der überraschenden Anrede erholen konnte, sagte sie weiter:

„*Ich bin Bildhauerin; daher der kräftige Händedruck.*"

Georgs Erstaunen nahm progressiv zu. Erst die außergewöhnliche Mutter, welche als scheinbar Spätberufene das Lehramt anstrebt, dann die Tochter, welche in stringenter Weise auf ihre Mitmenschen zugeht, was für eine Familie!

„Was führt Sie zu mir, Merle?"

Die Antwort, welche von Merle kam, entsprach nicht gerade dem, was Georg erwartet hatte.

„Hätten Sie vielleicht einen Kaffee für mich? Ein kleiner Cognac dazu wäre auch nicht schlecht."

Georg beschloss in diesem Augenblick, sich über nichts mehr zu wundern; hielt aber diesen Vorsatz nur kurz durch, als er sah, wie sich Merle eine Zigarette anzünden wollte.

„Bitte nicht!", sagte er, von einer gewissen Strenge begleitet, *„bei uns herrscht allgemeines Rauchverbot."*

Merle nahm die Zigarette aus dem Mund und steckte sie zurück in die Schachtel.

„Aber Kaffee und Cognac geht schon, oder?"

„Kaffee ja – Cognac nein", antwortete Georg, *„tut mir leid."*

Als die Sekretärin den gewünschten Kaffee hereingebracht hatte, fragte Georg Merle erneut nach dem Grund ihres Besuches.

„Von Schwester Elvira weiß ich, dass Sie meine Mutter schon ein paar Tage lang nicht besucht haben, und ich möchte gern wissen warum."

Georg wusste nicht, wie er der jungen Frau erklären sollte, warum er nicht mehr zu Jolante gegangen ist.

„Sie lieben doch meine Mutter, nicht wahr?"

Diese Frage traf Georg mit aller Wucht. Nicht, dass die Antwort darauf schwer gewesen wäre; aber sie vor einem Menschen ausbreiten, den er bisher erst einmal getroffen hatte, und das unter äußerst mysteriösen Zuständen?

„Ist Ihnen die Frage unangenehm oder wollen Sie sie nicht beantworten?"

Georg fühlte sich immer mehr in die Ecke gedrängt.

„Es ist wohl besser, Sie gehen jetzt", sagte er in all seiner Hilflosigkeit, worauf Merle antwortete:

„Ganz sicher nicht!"

Georg stand auf, ging zu einem Schrank, der seitlich von seinem Schreibtisch stand und entnahm eine Flasche. Es war ein teurer Cognac, eines der vielen Geschenke, welche er, anlässlich seiner Amtseinführung, bekommen hatte.

Georg stellte wortlos zwei Gläser auf seinen Schreibtisch und füllte den Cognac ein.

„*Na also*", sagte Merle süffisant, „*geht doch.*"

Ein strafender Blick seitens Georgs veranlasste Merle hinzuzufügen:

„*Sorry! Ich weiß, ich bin ein schlimmes Mädchen.*"

„*Und mit dieser Ausrede bügeln Sie immer alles wieder glatt?*", fragte Georg, worauf Merle mit einem, alles verzeihenden Blick, antwortete:

„*Ja; meistens schon.*"

Als Georg sich dem Lächeln von Merle anschloss, war ihm bewusst, dass er seinem Vis-à-vis nicht gewachsen war.

„*Arme Mutter*", dachte er noch bei sich und erhob sein Glas.

„*Auf Ihre Mutter, und darauf, dass sie bald wieder gesund ist.*"

„*Auf Jolly und auf Sie, lieber Georg, dass Sie sich so um sie sorgen.*"

„*Eigentlich könnten wir doch DU zueinander sagen*", zündete Merle die nächste Rakete.

Und Georg, dem inzwischen schon alles egal zu sein schien, stimmte willenlos zu.

*****

Als Georg am übernächsten Tag einen Anruf erhielt, war er einigermaßen überrascht. Es war Frau Bosch, die Krankenschwester.

„Hallo, Herr Direktor Merlinger. Hier spricht Elvira Bosch. Bitte, entschuldigen Sie, dass ich sie belästige."

„Aber nicht doch, liebe Frau Bosch", erwiderte Georg, *„Sie stören mich in keiner Weise. Wie geht es Frau Bach? Ist alles in Ordnung mit ihr?"*

„Deswegen rufe ich an, Herr Direktor", sagte Elvira, *„Frau Bach fragt immer wieder nach Ihnen."*

„Heißt das, sie erinnert sich wieder an alles?", fragte Georg aufgeregt.

„Leider nein, Herr Direktor", antwortete Elvira.

„Aber wenn Sie doch meinen Namen gesagt hat…"

„Hat sie nicht, Herr Direktor", kam die enttäuschende Antwort.

„So lassen Sie doch den <Herrn Direktor> weg", forderte Georg Elvira heftig auf und fragte weiter:

„Wieso glauben Sie dann zu wissen, dass Frau Bach mich meint?"

„Weil außer ihrer Tochter und Ihnen sie niemand besuchen kommt."

Elvira Bosch hatte dieses Mal, wie ihr aufgetragen, den Zusatz „Herr Direktor" artig weggelassen. Es war Georg nicht entgangen.

„*Es tut mir leid, dass ich Sie gerade etwas schroff angefahren habe*", sagte Georg in versöhnlichem Ton, „*aber die ganze Angelegenheit macht mir gerade sehr zu schaffen.*"

„*Das verstehe ich doch, Herr Direktor*", antwortete Elvira, und Georg beschloss in derselben Sekunde, die Sache mit dem „Herrn Direktor" geflissentlich zu überhören.

„*Sie mögen Frau Bach. Stimmt `s, Herr Direktor?*"

Georg atmete mehrmals tief durch, bevor er erwiderte:

„*Was genau hat Frau Bach gesagt, aus dem Sie schließen, dass sie mich gemeint hat?*"

Die Antwort, die nun kam, überraschte Georg.

„*Sie hat gefragt, warum der gutaussehende, freundliche Herr sie nicht mehr besuchen kommt.*"

Georg schluckte. Dann sagte er:

„*Ich werde noch heute auf einen Sprung vorbeikommen. Frau Elvira.*"

„Da wird sich die Frau Bach sicher freuen, Herr Direktor", erwiderte Elvira und wünschte Georg noch einen schönen Tag.

„Das wünsche ich Ihnen auch, liebe Frau Elvira, und vielen Dank für Ihren Anruf."

Georg erkannte den aufleuchtenden Silberstreif am Horizont und es stimmte ihn von Herzen froh.

Er hätte nie gedacht, dass er noch einmal zu solch hehren Gefühlen fähig sein würde. An und für sich hatte er sich mit seinem Junggesellendasein bestens arrangiert. Zumindest hatte er das bis jetzt geglaubt.

Und nun gab es da eine Frau, welche sein Innerstes nach außen zu kehren vermochte, und er wünschte sich nichts mehr, als dieser Frau nah zu sein.

Aber sein größter Wunsch war, Jolly möge sich wieder daran erinnern, wer und was er für sie war, bevor sie es vergessen hatte.

*****

„Guten Tag, liebe Frau Bach!"

Georg praktizierte dieselbe Vorgangsweise, wie bei seinem letzten Besuch. Sie hatte ja auch recht gut funktioniert. Zumindest bis zu dem leidigen Thema mit dem Schwulsein.

„*Da ist ja wieder der nette Mann*", sagte Jolante ganz aufgekratzt, „*kommen Sie und setzen Sie sich.*"

Georg pirschte sich vorsichtig in Richtung Bett und setzte sich auf einen Stuhl.

„*Wie geht es Ihnen, Frau Bach?*", fragte Georg und erschrak fast ein wenig, als Jolante nach seiner Hand griff. Sie beugte sich hin zu ihm und flüsterte:

„*Mir geht es sehr gut; aber die lassen mich nicht raus. Die halten mich aus irgendeinem Grund hier gefangen.*"

„*Das glaube ich nicht*", antwortete Georg, dem gerade ein eiskalter Schauer über den Rücken rannte.

„*Aber ich werde der Sache augenblicklich auf den Grund gehen.*"

Damit stand er auf, ging eilig vor die Tür, um Schwester Elvira aufzusuchen.

„*Kann es sein, dass Frau Bach ihren Verstand verloren hat?*", sprudelte es förmlich aus ihm heraus.

„*Um Gottes willen, nein*", antwortete Schwester Elvira, „*wie kommen Sie darauf?*"

Georg erzählte ihr von dem Vorkommnis, und Schwester Elvira beruhigte ihn mit den Worten, „*dass man Derartiges sehr wohl der Amnesie zuschreiben könne*".

Einigermaßen beruhigt kehrte Georg wieder ins Krankenzimmer zurück. Aber dass Jolante ihn auf dieselbe Art, wie zuvor begrüßte, ließ seine Skepsis erneut massiv anwachsen.

„Erzählen Sie mir etwas über sich. Oder besser noch, erzählen Sie mir, was Sie über mich wissen. Hier sagt mir ja keiner etwas."

Diese Aufforderung überraschte Georg. Als Jolante das zu ihm sagte, schien sie bei wachem Verstand, und auch ihr Gesichtsausdruck dabei war ein völlig anderer.

Georg fühlte sich in einer argen Zwickmühle. Er fragte sich, ob das der Moment wäre, Jolante ehrliche Antworten zu geben, und ob dieses Vorgehen vielleicht sogar ein Schritt in die richtige Richtung sein könnte, um Jolante aus ihrem geistigen Gefängnis zu befreien.

„Sie heißen Jolante Bach, und Sie sind eine Kollegin von mir."

Georg wartete ängstlich auf Jolantes Reaktion. Jolante sah ihn lange an, als wolle sie versuchen, das Gesagte für sich selbst zu verifizieren.

„Und Elvira, ich meine Merle, ist auch eine Kollegin?", fragte Jolante.

„Nein, nein", wehrte Georg ab, *„Jolante ist Ihre Tochter und Bildhauerin."*

„*Bildhauerin?*", fragte Jolante, wobei sie das mehr zu überraschen schien, als die Tatsache, dass Merle ihre Tochter war.

Georg nickte. Er überlegte, ob er noch die Tatsache erwähnen sollte, dass Jolante und er sich schon einmal näher waren.

„*Gibt es auch einen Herrn Bach?*", fragte Jolante, „*und wenn, warum besucht er mich dann nicht?*"

„*Das weiß ich nicht*", antwortete Georg, worauf Jolante in ein tiefes Schweigen verfiel.

Georg fühlte sich unwohl. Er überlegte gerade, ob es nicht opportun wäre, die Unterhaltung an dieser Stelle zu beenden, als die Tür aufging und Merle hereinkam.

„*Das ist aber eine nette Überraschung*", sagte sie, ging zu Georg und küsste ihn auf die Wange. „*Ich wusste ja gar nicht, dass du heute kommen wolltest.*"

Georg erstarrte.

„*Flucht, Flucht*", schoss es durch sein Hirn.

„*Sie kennen meine Tochter?*", fragte Jolante, worauf Georg abrupt aufstand, zur Tür eilte und mit den Worten „*bin ich hier in einem Irrenhaus?*", das Zimmer verließ.

*****

Es dauerte ein paar Tage, bis Georg wieder einen klaren Gedanken fassen konnte. Er hatte sich in Arbeit vergraben und war für niemanden zu sprechen.

Und den Wunsch, Jolante zu besuchen, hatte er vorerst einmal auf Eis gelegt.

Schwester Elvira hatte schon mehrmals aus dem Krankenhaus angerufen; aber Georg ließ sich immer wieder verleugnen.

Als dann Frau Bosch persönlich in seinem Büro erschien und bat, ihn sprechen zu dürfen, willigte Georg schließlich ein.

„Ich habe das nie gewollt", sagte sie, und putzte sich mehrmals ihre Nase dabei, *„ich habe das von Anfang an für eine Schnapsidee gehalten."*

„Jetzt beruhigen Sie sich erst einmal und setzen sich nieder", versuchte Georg auf die aufgewühlte Krankenschwester einzuwirken, *„ich werde Ihnen inzwischen ein Glas Wasser holen."*

„Hätten Sie vielleicht auch etwas Stärkeres?", hielt Frau Bosch Georg von seinem Vorhaben ab, und Georg fragte sich gerade, warum alle immer an seinen Cognac wollen.

„Ich hätte einen Cognac, oder möchten Sie vielleicht doch lieber einen Kaffee?"

„*Ein Cognac wäre mir lieber*", antwortete Frau Bosch, womit der Versuch, die Besucherin vom Alkohol abzuhalten, gescheitert war.

Georg holte den Cognac und goss ein. Frau Bosch leerte diesen in einem Zug, was Georg seelische Pein bescherte. Es handelte sich um ein sündteures Produkt, welches zum Genießen gedacht ist und keinesfalls als ordinäres Beruhigungsmittel.

Der Cognac dürfte gewirkt haben. Frau Bosch rang zwar noch ein wenig nach Luft, wurde aber danach zusehends ruhiger.

„*Also, Frau Elvira, was haben Sie nie gewollt?*", versuchte Georg behutsam seiner Besucherin zu entlocken.

„*Das mit dem Schwindel bei Frau Bach*", antwortete Frau Bosch.

Georg erschrak. Sollten sich zu der Amnesie jetzt auch noch Kreislaufprobleme hinzugesellt haben?

Oder viel schlimmer. Haben die Ärzte vielleicht sogar einen Tumor im Kopf von Jolante gefunden?

„*Wie geht es Jolante?*", fragte er besorgt.

„*Sie meinen Frau Bach*", vergewisserte sich Elvira.

„*Natürlich*", antwortete Georg barsch, „*wen denn sonst?*"

„*Frau Bach geht es gut*", sagte Elvira, „*sie ist schon seit ein paar Tagen wieder zuhause.*"

„*Waaas?*"

Georg verstand gerade überhaupt nichts mehr. Ein Horrorszenario begann sich vor ihm aufzubauen. Ganz leise begann er vor sich hinzumurmeln:

„*Hirntumor, eindeutig Hirntumor und inoperabel.*"

Elvira sah Georg verständnislos an.

„*Wie lange geben ihr die Ärzte noch?*", fragte Georg, worauf Elvira antwortete:

„*Sie müssen da wohl etwas missverstanden haben. Wie ich schon sagte, Frau Bach ist wieder zuhause und völlig geheilt.*"

„*Aber Sie haben doch gerade gesagt, dass Frau Bach unter Schwindel leidet*", sagte Georg, worauf Elvira von einem Lachflash heimgesucht wurde.

„*Wieso lachen Sie so blöde?*", fragte Georg erzürnt, „*können Sie mir bitte sagen, was los ist?*"

So sehr sich die Krankenschwester auch bemühte, ihr Lachen zu unterdrücken; es gelang ihr nicht.

Erst als Georg mit der Faust kräftig auf den Schreibtisch hieb, begleitet von der energischen Aufforderung, sofort mit dem Lachen aufzuhören, beruhigte sich die Frau.

„Frau Bach leidet nicht unter Schwindel, sie hat geschwindelt. "

Georg sah Elvira an. Er hatte zwar alles gehört; aber absolut nichts verstanden. Elvira, welche das bemerkt hatte, legte nach:

„Die liebe Frau Bach hat sich einen Scherz mit Ihnen erlaubt. Herr Direktor. Und mich hat sie verdonnert, nichts zu sagen. Es tut mir leid… "

„Gehen Sie! ", sagte Georg, *„gehen Sie und schämen Sie sich. Ich werde mir noch überlegen, rechtliche Schritte gegen Sie zu unternehmen. "*

Die Krankenschwester, Frau Elvira Bach, Mutter der Schülerin Anke Bach, eine tüchtige Mitarbeiterin im Gesundheitswesen, von Ärzten wie von Kollegen und Kolleginnen geschätzt, verließ hängenden Kopfes das Büro von Studiendirektor, Dr. Georg Merlinger.

Und Georg goss sich einen Cognac ein und leerte das Glas in einem Zug.

*****

Das Haus von Jolante Bach lag am Rand der Stadt und war gut zu erkennen. Im Garten davor standen Skulpturen aus Stein, der Wahrscheinlichkeit nach alles Werke von Merle Bach.

Georg hatte sich die Adresse von seiner Sekretärin heraussuchen lassen. Nachdem seine vielen Telefonanrufe allesamt ins Leere verlaufen waren, hatte er sich zu diesem Schritt entschlossen.

Er öffnete die kleine Gartentür und ging auf das Haus zu. Hinter dem Haus konnte er eine Art Scheune ausnehmen, aus welcher laute Geräusche und Musik herausdrangen.

Georg läutete an der Haustür; aber niemand öffnete. Er hämmerte an die Tür und rief Jolantes-Namen. Aber nichts rührte sich.

Daraufhin ging er zur Scheune. Das Tor stand weit offen. Im Inneren konnte er Merle erkennen, welche mit Hammer und Meißel einen Steinquader bearbeitete.

Georg rief mehrmals Merles Namen; aber durch die Kopfhörer, welche Merle neben ihrer Schutzbrille trug, konnte sie Georg nicht hören.

Er postierte sich gegenüber von Merle und fuchtelte mit den Händen in der Luft herum. Merle nahm Brille und Kopfhörer ab und sagte lächelnd:

„Hallo Georg!"

„Hallo, Merle", erwiderte Georg, jedoch ohne eine Spur von Freundlichkeit.

„Was führt dich zu uns?", fragte Merle.

Georg hatte große Mühe, sich zu beherrschen. Ein Bild baute sich vor seinem geistigen Auge auf, und was es zeigte, hatte großes Potenzial eine gewaltige Wut aufsteigen zu lassen.

Es zeigte einen Herrn im besten Alter, versehen mit einem recht anschaulichen Niveau an Bildung, der von zwei Frauen regelrecht vorgeführt worden war.

„Fragst du das wirklich?", sagte Georg, und fügte nach einer kurzen Pause hinzu:

„Gib es zu; du hast es die ganze Zeit über gewusst."

Merle zuckte leicht mit den Schultern. Das Lächeln, welches unverändert ihr Gesicht bevölkerte, reizte Georg fast bis zur Weißglut.

„Hat es dir vielleicht auch ein wenig gefallen?", fragte Georg, worauf Merle kurz und trocken antwortete:

„Sehr!"

„Was seid ihr nur für Menschen?", fragte Georg, *„habt ihr überhaupt kein Schamgefühl?"*

„Jetzt komm einmal runter", erwiderte Merle, *„das war doch alles nicht so bös gemeint."*

„Bist du behämmert?", platzte Georg heraus.

Merle, welche die Erregung überhaupt nicht verstehen konnte, setzte nun dem Ganzen die Krone auf, indem sie breit grinsend antwortete:

„Behämmert und Gemeißelt."

Georg wollte einen Schritt auf Merle zumachen; aber diese hielt ihm Hammer und Meißel entgegengestreckt und sagte:

„Vorsicht, mein Lieber; ich bin bewaffnet."

Dann standen sich beide eine gefühlte Ewigkeit wortlos gegenüber.

„Ist deine Mutter nicht zuhause?"

Merle machte einen Blick in Richtung Haus und antwortete:

„Doch, sie ist zuhause. Du musst aber lange läuten. Es kann sein, dass sie schläft. Zurzeit schläft sie nur noch."

„Wieso?", fragte Georg, *„ist sie krank?"*

Georg bemerkte, dass das Lächeln aus Merles Gesicht verschwunden war. An seine Stelle trat eine tiefe Traurigkeit, als sie antwortete:

„Körperlich geht es ihr gut; aber ihre Seele rumort."

„*Geht das auch ein bisschen genauer?*", fragte Georg. „*Kennt man die Ursache?*"

Merle zögerte einen Augenblick, bevor sie antwortete:

„*Du bist die Ursache.*"

„*Wie bitte?*", fragte Georg voller Entsetzen.

„*Wäre die blöde Geschichte mit der Tussi in diesem Kaffeehaus nicht gewesen, dann hätte Jolante auch nicht die Nummer mit der Amnesie abgezogen.*

Und jetzt reißt sie sich ihre Seele aus dem Leib. Sie bereut das Ganze ohne Ende; aber sie schämt sich so sehr, dass sie sich nicht traut, dich um Verzeihung zu bitten."

„*Stopp, stopp!*", erwiderte Georg, „*ganz langsam und zum Mitschreiben. Von was für einer Geschichte mit einer Tussi im Kaffeehaus sprichst du gerade?*"

„*Na, diese Bedienung, mit der du ein Verhältnis hast*", antwortete Merle, „*ich weiß ihren Namen nicht.*"

„*Mitzi, die Frau heißt Mitzi*", erwiderte Georg fassungslos, „*und ich habe kein Verhältnis mit dieser Frau.*"

„*Ha, ha; dass ich nicht lache*", sagte Merle, „*bei meiner Mutter klang das aber ganz anders.*"

„*Hat dir das deine Mutter wirklich so erzählt?* ", fragte Georg, worauf Merle sagte:

„*Ja, das hat sie; Wort für Wort. Und versuche erst gar nicht, es abzustreiten.* "

„*Ich glaube, ich verliere den Verstand* ", sagte Georg, „*und diese Nummer mit der Amnesie, war das nur eine billige Retourkutsche?* "

„*Wenn du das so nennen willst* ", erwiderte Merle.

„*Ich fasse es nicht* ", sagte Georg, „*deine Mutter hatte überhaupt keine Amnesie.* "

„*Doch, doch* ", widersprach Merle eilig, „*sie hatte sehr wohl eine Amnesie; aber nur für eine kurze Zeit.* "

„*Das ist ja billigstes Schmierentheater* ", sagte Georg sichtlich angewidert, „*ich gehe jetzt wohl besser.* "

Merle baute sich vor Georg auf. Sie hielt Hammer und Meißel dabei bedrohlich in die Höhe. Mit fest in Georgs Augen blickend, sagte sie:

„*Du bleibst schön hier, und ihr werdet das jetzt klären!* "

„*Sonst erschlägst du mich?* ", sagte Georg zynisch, worauf Merle antwortete:

„*Wenn es sein muss?* "

Die bisherigen Erlebnisse mit der jungen Frau geboten Georg vorsichtig zurückzurudern. Nicht, dass er Merle zugetraut hätte, sie würde die Hand gegen ihn erheben. Aber dennoch; man sollte seinen Gegner nicht unnötig provozieren.

„Sagst du mir auch, wie das gehen soll?", fragte Georg, *„deine Mutter macht ja die Tür nicht auf."*

„Ich habe einen Schlüssel", antwortete Merle, bewegte sich in Richtung Haustür, und Georg folgte ihr.

Sie sperrte die Tür auf und wies Georg an, hineinzugehen.

„Ich werde erst wieder aufsperren, wenn ihr das zwischen euch geklärt habt", sagte Merle, zog die Tür hinter sich zu und versperrte sie.

Georg war bewusst, dass es sich um einen symbolischen Akt dabei handelte, denn er sah sich durchaus dazu imstande, notfalls das Haus auch durch ein Fenster wieder zu verlassen.

Er blickte sich um. Das Haus war sehr geschmackvoll eingerichtet. Als er an der Wand ein Bild mit seinem Konterfei sah, wurde er seltsam davon berührt. Es zeigte ihn, anlässlich seiner Ernennung zum Schulleiter. Jolante hatte es wohl aus der Zeitung ausgeschnitten und gerahmt.

*****

„Hallo! Jolly! Bist du da?"

Nachdem Georg keine Antwort bekam, stieg er langsam die Treppe hinauf in den ersten Stock, wobei er immer wieder Jolantes Namen rief.

„Geh weg; lass mich in Ruhe!"

Georg ging der Stimme nach, die er gehört hatte. Es war Jolante. Die Stimme führte ihn in Jolantes Schlafzimmer.

Georg erschrak, als er Jolante sah. Jolante war zwar schlank; aber was er jetzt sah, versetzte Georg in große Sorge.

„Wie siehst du denn aus, Jolly?", fragte Georg, *„du bist ja nur noch Haut und Knochen."*

„Ich möchte nicht, dass du mich so siehst", erwiderte Jolante und zog sich die Bettdecke über den Kopf.

Georg hörte, wie Jolante zu weinen begann.

Er ging hin zu ihr und zog ganz behutsam die Bettdecke zurück. Jolante wehrte sich; aber es war gerade nur so viel, dass es Georg trotzdem gelang, ihren Kopf wieder freizulegen.

Er strich Jolante liebevoll übers Haar. Jolante drehte langsam ihren Kopf zu Georg und sah ihn an.

„*Ich schäme mich*", platzt es aus ihr heraus, „*ich schäme mich so sehr.*"

Und dann brachen alle Dämme. Jolante wurde von einem heftigen, scheinbar nicht endenden Weinkrampf befallen.

Georg sprach immer wieder liebevoll auf sie ein, und es dauerte recht lange, bis Jolante sich einigermaßen beruhigt hatte.

Kaum, dass Jolante ihr Weinen wieder im Griff hatte, ging dieses in einen kräftigen Schluckauf über.

„*Auch das noch*", schoss es Georg durch den Kopf, und er stand auf, um ein Glas Wasser zu holen.

„*Bitte, bleib!*", sagte Jolante und hielt Georg am Arm fest.

„*Kannst du mich bitte einmal in den Arm nehmen?*", fragte sie dann und sah Georg flehentlich dabei an.

Augenblicklich brach bei Georg ein heftiger Kampf aus. Zwei mächtige Gegner standen sich gegenüber: Herz und Hirn.

Das Hirn, vertreten durch den „Inneren Schweinhund" flüsterte eindringlich:

„*Hast du keinen Stolz? Vergiss nicht, wie sehr dich diese Frau zum Narren gehalten hat. Und lass dich von ihren Krokodilstränen nicht beeinflussen.*"

Das Herz, welches das mitbekommen hatte, sagte mit samtweicher Stimme:

„Diese Frau hat dich verletzt, das ist verwerflich. Frage dich nun, warum sie das gemacht hat und ob sie dich liebt.

Und dann frage dich, ob du sie liebst. Und denke an das alte Sprichwort: <Dummheit und Stolz wachsen aus dem gleichen Holz>."

Georg musste daran denken, wie sehr wohl er sich bisher in der Gegenwart von Jolante gefühlt hatte, und dann sah er die groteske Situation mit dem Fräulein Mitzi vor seinen Augen.

Aber was ihn schlussendlich doch dazu bewogen hat, mit einem heftigen Ruck Jolante förmlich an sich zu reißen, war dieses wunderbare, warme Gefühl, welches in diesem Augenblick den ganzen Raum erfasste. Es war die Liebe.

„Kannst du mir je verzeihen?", fragte Jolante, deren Schluckauf gerade wieder in ein Schluchzen zurück mutiert war.

„Aber ja doch", antwortete Georg, *„und wenn du dich dazu entschließen könntest, mit dem Weinen aufzuhören, dann würde ich dich küssen."*

*****

Die nahende Nacht streckte schon ihre Finger durch die Fensterscheiben herein; aber im Wohnzimmer des Hauses, Jolante und Merle Bach, brannte noch immer kein Licht.

„Es ist wohl die schönste Zeit des Tages", sagte Jolante versponnen und blickte zum Fenster. Sie hatte das Bett verlassen und sich angezogen.

Jetzt saß sie, zusammen mit Georg, auf der Couch und schmiegte sich an ihn.

„Magst du die Dämmerung auch so gern wie ich?", fragte sie ihn.

„Ich habe noch nie darüber nachgedacht", antwortete Georg, *„aber im Moment genieße ich es sehr. Das kann aber auch daran liegen, dass ich bei dir bin."*

Jolante küsste Georg. Es war ein langer, inniger Kuss, und er hätte wohl noch länger angedauert, wäre Merle nicht auf der Bildfläche erschienen.

„Hallo, ihr lichtscheues Gesindel", sagte Merle in ihrer flapsigen Art, *„müsst ihr so herumknutschen?"*

„Du bist schrecklich", sagte Jolante, *„was soll Georg von dir denken?"*

„Der weiß es schon, dass ich schrecklich bin", erwiderte Merle, *„stimmt `s Georg?"*

Georg musste an seine erste Begegnung mit Merle denken. Er dachte daran, wie sie ihm den „Fuffi" zurückgegeben hatte.

Das hatte ihm damals mächtig imponiert.

„*Lass nur, Jolly"*, sagte Georg, „*deine Tochter ist schon in Ordnung.*"

„*Siehst du, Frau Mutter"*, spöttelte Merle, „*dieses Prachtexemplar von Mann ist ein echter Frauenflüsterer.*"

„*Jetzt reicht `s aber Merle"*, sagte Jolante mit ernstem Ton, „*mach lieber das Licht an.*"

„*Warum denn?"*, erwiderte Merle, „*das zerstört ja die ganze Stimmung. Ich hole lieber ein paar Kerzen, und dann machen wir es uns so richtig gemütlich. Und einen Wein hole ich uns auch.*"

Merle stand auf, um Kerzen und Wein zu holen.

„*Ich mag Merle"*, sagte Georg leise zu Jolante, „*ich mag vor allem ihre direkte Art, Dinge beim Namen zu nennen.*"

„*Ist das nicht etwas zu direkt?"*, fragte Jolante, worauf Georg antwortete:

„*Merle ist so, wie sie ist. Und so, wie sie ist, ist sie genau richtig.*"

„*Ich liebe dich, mein Gebieter.*"

Es war das erste Mal, dass diese drei bedeutenden Worte zwischen Jolante und Georg ausgesprochen wurden. Georg war sichtlich überrascht.

„Warum nennst du mich <Gebieter>?", fragte Georg.

„Weil ich mich mit Leib und Seele einem Mann anvertrauen möchte, der mich mit sicherer Hand durchs Leben führt", antwortete Jolante und fügte hinzu:

„Oder möchtest du das gar nicht?"

„Doch, doch", antwortete Georg rasch, *„sehr gern sogar. Mich überrascht nur die dominante Bezeichnung."*

„Ich halte nichts von diesen modernen Ehen, wo die Frauen um die Vorherrschaft kämpfen, und sie als Insignium ihrer Machtbestrebungen Doppelnamen führen.

Männer sollten wieder Männer werden und keine Weicheier sein."

„So wie mein Herr Papa?"

Merle war zurückgekehrt, stellte die Kerzen auf den Tisch und zündete sie an. Dann drückte sie Georg die Weinflasche in die Hand, mit der Bemerkung, er möge sie aufmachen.

„*Ich hole nur noch schnell die Gläser*", sagte sie und verschwand wieder in der Dunkelheit des Raumes.

„*Entschuldige bitte*", sagte Jolante peinlich berührt; aber Merle war schon wieder herangetreten.

„*Wieso entschuldigst du dich?*", fragte sie ihre Mutter vorwurfsvoll, „*Georg ist jetzt ein Teil von uns, und ich finde, er hat ein Recht darauf, mehr über unser bisheriges Leben zu erfahren. Und vor allem von Softie Harald.*"

„*Merle!*"

Jolante hatte es förmlich herausgestoßen, begleitet von einem vorwurfsvollen Blick.

„*Ich verstehe euch beide*", versuchte Georg zu intervenieren, „*ich erwarte jedoch keineswegs, dass du mir von deiner vorigen Beziehung erzählst. Es ist ja doch eine äußerst intime Angelegenheit, welche mich im Grunde genommen auch überhaupt nichts angeht.*"

„*So ist das nicht, Georg*", antwortete Jolante, „*es geht dich sehr wohl etwas an. Und ich möchte auch, dass du alles von meinem Leben erfährst; aber ich möchte nicht, dass du dich genötigt fühlst.*"

„*Würdest du dich genötigt fühlen, Gebieter Georg?*", fragte Merle auf eine solch joviale Art, dass alle Anwesenden lachen mussten. Um das Bild zu vervollkommnen, hätte Merle nur noch ihren Arm gönnerhaft um Georgs Schultern legen müssen.

„*Siehst du, liebe Mutter*", setzte Merle nach, „*dein Georg ist einfach <Bombe>.*"

Georg hatte inzwischen die Gläser gefüllt, und Merle hielt ihres bereits in der Hand.

„*Auf das Wohl der Liebes-Gemeinschaft <Merlinger-Bach>, und darauf, dass sie auf unbefristete Zeit geschlossen ist.*"

„*Man könnte meinen, du hast Jura studiert*", sagte Georg, und Jolante antwortete:

„*Hat sie; sieben von neun Semestern. Dann hat sie geschmissen.*"

*****

Jolante Bach war gerade einmal siebzehn Jahre alt, als sie von Wolfgang Liebscher ein Kind erwartete.

Wolfi, wie er von seinen Mitschülern genannt wurde, war der Schwarm aller Mädchen. Groß, gut aussehend und sehr sportlich.

Er war der Sohn vom Möbelparadies Liebscher, eine Firma, die sogar früher das Kaiserhaus belieferte.

Im Gegensatz dazu waren Jolantes Eltern einfache Leute. Der Vater war Arbeiter in einer Gießerei und die Mutter verdiente durch Näharbeiten etwas dazu.

Dass Jolante das Gymnasium besuchen konnte, verdankte sie der Schwester ihrer Mutter, welche durch Heirat über weit größere finanzielle Mittel verfügte als Jolantes Eltern.

Entsprechend groß war die Enttäuschung, sowohl bei Jolantes Eltern als auch bei ihrer Tante, als Jolante die Schwangerschaft beichtete.

Wolfi Liebscher war von der Idee, demnächst Vater zu werden, nicht gerade begeistert, versprach aber der werdenden Mutter zur Seite zu stehen.

Er verlobte sich heimlich mit Jolante und versicherte ihr, dass er sie schon bald seiner Familie als seine künftige Ehefrau vorstellen wolle.

Das Glück schien vollkommen, und die Aussicht, dass der ehrenwerte Herr Kommerzialrat Liebscher der Schwiegervater von Jolante werden würde, stimmte Jolantes Eltern hoffnungsfroh.

Vielleicht könnte ja Jolantes Vater sogar eine Stelle in der Möbelfabrik der Liebschers bekommen, und er müsste nicht mehr seiner bisherigen, schmutzigen Arbeit nachgehen.

Der alte Liebscher sah das jedoch völlig anders. Sein Sohn, ein demnächst hoffnungsvoller Studiosus, und die Tochter einer Arbeiterfamilie, das ging überhaupt nicht.

Er drängte darauf, das Verlöbnis sofort wieder zu lösen, bot der Familie Bach eine angemessene „Abstandssumme" an, und betrachtete das Problem damit als gelöst.

Die Familie hätte das Geld nur allzu gut gebrauchen können; aber der Stolz des Vaters ließ die Annahme nicht zu.

Hatte Jolante gehofft, ja sogar fest daran geglaubt, ihr Wolfi würde zu ihr stehen, so musste sie, zum ersten Mal in ihrem noch jungen Leben, eine bittere Erfahrung machen:

Nur weil ein männliches Wesen über ein beträchtliches Muskelwerk verfügt, muss er noch lange kein Mann sein. Mamas Liebling war es nicht gewöhnt, vor Probleme gestellt zu sein und sie vielleicht sogar noch lösen zu müssen.

So kam es, dass Jolante die Schule verließ und wenig später Merle zur Welt brachte. Den Vorschlag, das Kind zur Adoption freizugeben, lehnte Jolante strikt ab.

Sie suchte sich eine Arbeit in der Fabrik, um etwas Geld dazu zu verdienen. Jolantes Mutter passte, neben ihrer Näharbeit, auf Merle auf, und so kam die Familie recht gut über die Runden.

Nebenbei besuchte sie eine Abendschule und machte das Abitur nach.

Bewaffnet mit ihrem hervorragenden Zeugnis, bewarb sich Jolante in einer Konservenfabrik als Bürokraft.

Der Personalchef, ein Herr Thomas Breitwieser, fand Gefallen an Jolante, was nicht ausschließlich an ihrem guten Zeugnis lag. Er stellte sie auf Probe ein und schon sehr bald hatte Jolante einen festen Arbeitsvertrag in der Tasche.

Herr Breitwieser machte Jolante immer wieder Avancen, denen sie nach langem Zögern irgendwann nachgab. Thomas Breitwieser war das totale Gegenteil von Wolfi Liebscher: zuvorkommend, höflich und stets gut gelaunt. Mit einem Wort, der perfekte Traum jeder Schwiegermutter.

Als Thomas irgendwann das Gespräch in diese Richtung lenkte, reagierte Jolante äußerst schroff. Das Letzte, was sie wollte, war eine feste Beziehung. Sie machte Thomas klar, dass sie gern weiterhin mit ihm befreundet sein wolle; aber auch nicht mehr.

Gegen gelegentliche Zärtlichkeiten hatte Jolante nichts einzuwenden, solange sie unterhalb ihres Bauchnabels endeten. Die Zone darunter war tabu.

Eine Zeit lang spielte Thomas auch mit. Aber als seine Hormone ihm den Krieg erklärten, beugte er sich ihnen und suchte sich eine andere Freundin.

Jolante blieb weiter in der Fabrik beschäftigt, was sie einigermaßen erstaunte. Thomas und sie grüßten einander, wenn sie sich begegneten, und ihr gegenseitiges Verhalten war frei von jedem Argwohn.

*****

Die Jahre waren vergangen und das Wirtschaftswunder hatte Einzug in die Haushalte gehalten.

Merle war inzwischen erwachsen, hatte ebenfalls das Abitur gemacht und zu studieren begonnen. Sehr zum Leidwesen ihrer Mutter hielt sie jedoch nicht bis zum Ende durch.

„Ich habe nicht vor, mein Leben zwischen Aktenbergen zu verbringen", so ihr Statement, *„ich will etwas mit meinen Händen machen; ich möchte gestalten."*

Uns so begann Merle auf der Akademie Kunst zu studieren; genauer gesagt, sie belegte den Studiengang „Freie Kunst – Bildhauerei", welcher zehn Semester vorsah, und zwar in Vollzeit.

Aber nach nur ein paar Semestern holte die Ungeduld die junge Studentin wieder ein und ließ sie die Akademie verlassen. Sie arbeitete weiterhin als „Semi-Autodidakt", und schon bald geschah ein Wunder.

Ihre Arbeit wurde anerkannt, und sie verkaufte sich. Ein entsprechender Zeitungsartikel in einer überregionalen Zeitung war eine wesentliche Hilfe dabei.

Jolante hatte inzwischen bei der Post eine Beschäftigung gefunden, welche sie am Abend ausüben konnte. So hatte sie die Möglichkeit, am Tag die Uni zu besuchen, um auf Lehramt zu studieren.

*****

Der Abend in Jolantes Haus hatte etwas Wunderbares bewirkt. Drei Menschen waren eng zusammengerückt und hatten sich gegenseitig ihre Lebensgeschichte offenbart.

Man konnte förmlich spüren, wie Argwohn, Verzweiflung und Angst, sich mit jedem ausgesprochenen Wort in Wohlgefallen auflösten.

Der nächste gemeinsame Abend fand im „Corleone" statt.

Luigi staunte nicht schlecht, als er, außer Georg und Jolante, einen zusätzlichen Gast begrüßen konnte.

„Buona sera Signora, Signorina e Signore!"

Luigi verblasste augenblicklich, als Merle darauf antwortete:

„Tante grazie, uomo bello, sei sposato?"

Merle hatte ihn gefragt, ob er verheiratet wäre.

Spätestens jetzt offenbarte sich, dass Luigi der italienischen Sprache nur peripher mächtig war. Seine Kenntnisse beschränkten sich ganz offenbar auf ein paar Floskeln, welche sich positiv auf die Gabe von Trinkgeld auswirken sollten.

„Ich darf die Herrschaften an den Tisch führen", antwortete Luigi, dessen Sympathie für Merle sich mit einem Schlag verflüchtigt hatte.

„*Grazie, Luigi!*", sagte Merle, begleitet von einem schmachtenden Blick.

„*Du bist wirklich schlimm*", sagte Jolante, als sie am Tisch Platz genommen hatten, „*den armen Kerl so in Verlegenheit zu bringen.*"

„*Aber wieso denn?*", erwiderte Merle, „*er hat doch angefangen und nicht ich.*"

„*Du weißt ganz genau, was ich meine*", erwiderte Jolante.

„*Ich fand `s lustig*", mischte sich nun Georg ein, was Merle veranlasste zu sagen:

„*Siehst du, Jolly; Georg findet es auch nicht schlimm.*"

Dann wandte sie sich Georg zu und sagte zu ihm:

„*Du bist schwer in Ordnung; ich werde dich <Papa Georg> nennen. Was hältst du davon?*"

„*Es reicht jetzt*", meldete sich nun wieder Jolante zu Wort, „*wenn du dich nicht benehmen kannst, dann schicke ich dich hinaus.*"

„*Bitte, bitte nicht, Mamilein*", erwiderte Merle mit der Stimme und dem Gesichtsausdruck eines kleinen Kindes, was dazu führte, dass alle drei herzlich lachen mussten.

„Wieso kannst du so gut italienisch?", fragte Georg, und Merle antwortete:

„Drei Jahre Volkshochschule. Ich wollte damals mit meinem Freund nach Italien auswandern, was dann aber nicht geklappt hat."

„Gehe ich recht in der Annahme, dass es sich bei dem Freund um einen Italiener gehandelt hat?", fragte Georg.

„Si, si, Signore", antwortete Merle, *„und was für einer."*

„Und warum hat es nicht geklappt?", fragte Georg weiter, worauf Merle antwortete:

„Seine Ehefrau und seine Kinder waren dagegen."

„Was darf ich zu trinken bringen, meine Herrschaften?"

Luigi war in geläuteter Form zum Tisch gekommen, um die Bestellung aufzunehmen.

„Drei Mal Loup de Mer und eine Flasche Pinot Grigio, mein Lieber", antwortete Georg.

Luigi bedankte sich, um sich danach eilig wieder zu entfernen; nicht jedoch ohne vorher Merle mit einem alles vernichtenden Blick zu belegen.

*****

In den kommenden Monaten verbrachten Georg, Jolante und Merle sehr viel Zeit gemeinsam.

Das ging so weit, dass sie sogar gemeinsam in Urlaub fuhren. Das erklärte Reiseziel war die Provence.

Georg hatte ein Ferienhaus in Saintes-Maries-de-la-Mer gemietet, direkt am Meer gelegen und mitten im Naturpark „Camargue".

Merle war sofort begeistert, als sie davon erfuhr, zumal, nur eine Autostunde davon entfernt, das „Atelier des Jardins de Saint Remy" liegt, ein Ort, der bei jedem Bildhauer Sehnsüchte erweckt.

Es war ein wunderbarer Urlaub und das Wetter war, wie man es sich nur wünschen konnte. Sommer pur und Sonne satt.

Georg hatte für drei Wochen gebucht, und als das Urlaubsende schon bedrohlich nahe war, bat Georg seine zwei Damen um ein wichtiges Gespräch.

Sie saßen vor dem Ferienhaus und genossen den herrlichen Sonnenuntergang. Und obwohl sie jeden Tag in diesen Genuss gekommen waren, war es doch jedes Mal wieder etwas ganz Besonderes.

Georg hatte im Dorf eine Platte mit Wurst und Käse besorgt und einen Rotwein aufgemacht. Er schenkte ein und stieß mit Jolante und Merle auf den wunderschönen Urlaub an, den sie gemeinsam verbracht haben.

Dann wandte er sich an Merle und sagte:

„Liebe Merle, was ich jetzt zu sagen habe, wird dich und deine Mutter gleichsam überraschen."

„Du willst um meine Hand anhalten, Papa Georg."

Als Merle in Georgs Gesicht blickte, wurde ihr augenblicklich offenbar, dass sie gerade in einen riesengroßen Fettnapf getreten war.

Sie errötete und sagte leise:

„Entschuldigung, Georg; tut mir leid."

„Ist schon gut, Merle", antwortete Georg, *„ich fange einfach noch einmal von vorne an."*

Jolante sah Georg an. Sie fragte sich, was Georg wohl vorhabe, fand aber keine passende Antwort darauf.

„Liebe Merle", begann Georg noch einmal, *„ich habe drei wunderbare Wochen mit dir und deiner Mutter verbringen dürfen, die ich niemals vergessen werde.*

Und mir ist in diesen Tagen aufgefallen, wie eng ihr zwei miteinander seid. Das ist einfach nur toll und verdient meine größte Bewunderung.

Aus diesem Grund möchte ich dir eine Frage stellen, die ich normalerweise zuerst deiner Mutter stellen müsste."

100

Sowohl bei Merle, als auch bei Jolante stieg in diesem Augenblick ein Verdacht auf, als würde er direkt aus Aladins Wunderlampe kommen.

„Wärst du damit einverstanden, wenn ich deine Mutter um ihre Hand bitten würde?"

Es folgte Schweigen. Nur ein paar fröhlich zirpenden Zikaden durchbrachen die Stille.

Tränen stiegen in Jolantes Augen. Sie blickte zuerst zu Georg und dann zu Merle, und als sie sah, dass es ihrer Tochter nicht anders erging, stand sie auf und umarmte Merle.

„Ich bin so unbeschreiblich froh, dass ich eine so wunderbare Tochter habe."

Georg sah zu den beiden Frauen. Er fühlte sich gerade etwas hilflos. Merle hatte es bemerkt. Sie löste sich aus der Umarmung ihrer Mutter und sagte zu Georg:

„Dann knie schon nieder vor dieser wunderbaren Frau und frag sie endlich, bevor ich es mir anders überlege."

Georg stand auf und ging zu Jolante hin. Er kniete sich nieder und holte eine kleine Schachtel aus seiner Hosentasche.

Er entnahm ihr einen Amethystring, umgeben von kleinen Diamanten und fragte Jolante:

„Möchtest du meine Frau werden?"

Das JA von Jolante kam aus tiefstem Herzen, wie auch der Kuss, den sie Georg gab.

Georg streift Jolante den Ring auf den Finger, der die Farbe von Lavendel widerspiegelte.

Jolante zeigte Merle freudestrahlend das kostbare Stück, und Georg sagte zu Merle:

„Ich danke dir, dass du damit einverstanden bist. Es ist mir sehr, sehr wichtig."

„Wehe, du machst meine Jolly nicht glücklich. Du weißt schon; Hammer und Meißel."

*****

Die Hochzeit wurde im kleinen Kreis gefeiert. Genauer gesagt, zu dritt. Eine Hochzeitsreise fand nicht statt, weil die Hochzeit außerhalb der Schulferien lag.

Man hatte sich darauf geeinigt, in den nächsten Sommerferien wieder in die Provence zu fahren. Dann aber für einen ganzen Monat.

Georg wohnte noch immer im Haus seiner Eltern. Gebaut hatten es seine Großeltern. Es war ein hochherrschaftliches Haus. Eigentlich war es schon mehr eine Villa als ein Haus.

Georgs Eltern waren schon beide verstorben, und so lebte er allein in dem großen Haus. Maria Lenz, eine ältere, alleinstehende Frau, war schon bei Georgs Eltern in Diensten.

Sie kam morgens um sechs Uhr, richtete für Georg das Frühstück her, brachte das Haus in Ordnung und kochte zu Mittag. Danach ging sie, etwa am frühen Nachmittag, wieder nach Hause.

Wenn Georg mittags nicht nach Hause kommen konnte, kochte sie etwas, das Georg am Abend in der Mikrowelle aufwärmte.

Es hatte eine geraume Zeit gedauert, bis Maria und die Mikrowelle Freunde wurden. Eigentlich war es gar keine Freundschaft; denn sie lehnte diesen Firlefanz rundweg ab. Sie hatte sich aber mit der Zeit damit abgefunden.

Georg hatte ihr immer wieder angeboten, sie solle zu ihm ins Haus ziehen, Platz war ja genug. Er bot ihr sogar an, sie könne ihren Wohnbereich ganz nach ihren Wünschen möblieren; aber Maria wollte nicht.

Sie begründete es damit, dass sie ihren kleinen Garten habe, den sie nicht verkommen lassen wolle. Dabei hätte ihr bei der Villa ein wesentlich größerer Garten zur Verfügung gestanden, denn das Gebäude wurde von einem riesigen Grundstück umsäumt.

Georg hatte einen Teil seiner Kleider im Haus von Jolante deponiert und Jolante vice versa.

„Was hältst du davon, wenn du zu mir ins Haus ziehst?", fragte Georg eines Tages, *„und Merle übernimmt dein Haus."*

„Ich weiß nicht", antwortete Jolante, *„dann wäre Merle ja ganz allein."*

„Fragen wir sie doch einfach", schlug Georg vor, und das taten sie dann auch.

Das nackte Entsetzten stand Jolante ins Gesicht geschrieben, als Merle, auf diese Frage angesprochen, ohne Zögern antwortete:

„Das ist eine wunderbare Idee. Dann muss ich wenigstens euer Liebesgeflüster nicht mehr länger ertragen."

Was sie damit meinte, lag auf der Hand, und es verletzte Georg und Jolante auch nicht. Jolante war nur ein wenig verletzt darüber, dass Merle so spontan und scheinbar freudig dem Vorschlag zugestimmt hatte.

„Und wann soll der Umzug stattfinden?", fragte Merle.

Das war für Jolante zu viel. Sie sagte:

„Du kannst es scheinbar gar nicht erwarten, mich loszuwerden."

Danach stürmte sie hinaus. Merle wollte ihr nacheilen; aber Georg hielt sie zurück.

„*Lass mich das machen, Merle*", sagte er und folgte Jolante.

Jolante hatte sich auf die kleine Bank vorm Haus gesetzt. Sie hielt sich ein Taschentuch vor ihren Mund und weinte.

Georg nahm sie in den Arm und Jolante ließ es geschehen. Er sagte eine Weile nichts, er wiegte sie nur sanft hin und her.

„*Es tut mir weh*", sagte Jolante, „*dass Merle mich überhaupt nicht vermisst.*"

Georg lachte.

„*Aber Liebling, wie soll Merle dich vermissen. Du bist ja noch hier.*"

Jetzt musste auch Jolante lachen.

„*Ich benehme mich albern*", sagte sie und sah Georg erwartungsvoll dabei an.

Georg erfüllte ihre Erwartung, indem er antwortete:

„*Du bist nicht albern, mein Liebling; du bist nur eine liebende Mutter, die durch eine starke Bande mit ihrem Kind verbunden ist.*"

„*Dass ist sehr lieb von dir, dass du das sagst*", erwiderte Jolante und gab Georg einen Kuss.

„Gehen wir wieder hinein und besprechen den Umzug", sagte Jolante. Sie stand auf, nahm Georg bei der Hand und ging mit ihm zu Merle zurück.

„Ich wollte dir nicht wehtun, Mama", sagte Merle, und Jolante antwortete:

„Das hast du nicht. "

Dann nahm sie ihre Tochter in den Arm.

Es war seit vielen Jahren das erste Mal, dass Merle ihre Mutter „Mama" genannt hatte.

*****

Bevor der Umzug vollzogen wurde, gab es in der Villa einiges zu ändern. Eine neue Küche wurde angeschafft, das Bad wurde neu verfließt, die Böden wurden herausgerissen und neugestaltet. Und das Schlafzimmer und ein paar weitere Zimmer wurden modern möbliert. Zuvor wurde aber alles tapeziert und neue Vorhänge und Gardinen wurden aufgehängt.

Einzig das Herrenzimmer und der Salon blieben weitgehend unverändert.

Der Charme dieser Räume, mit ihren Holzvertäfelungen und dem knarrenden Parkett sollte erhalten bleiben, so das Credo von Jolante.

„Ich möchte es so, als Zeichen meiner Achtung und des Respekts gegenüber deinen Eltern und Großeltern."

Diese Worte berührten Georg sehr. Er musste an seinen Großvater denken, wenn er in das Herrenzimmer hineingestürmt war, und ihn der Großvater ermahnte, er solle wie ein zivilisierter Mensch dieses Zimmer betreten, und sich nicht wie ein Hottentotte benehmen.

Georg konnte damals mit diesem Begriff nichts anfangen, und der Großvater weigerte sich, ihm das zu erklären.

Die Ironie lag damals darin, dass die Bedeutung für Hottentotten, eine Volksgruppe im heutigen Südafrika, die richtigerweise Khoikhoi heißen muss, „wahre Menschen" bedeutet.

Hätte der Großvater das damals gewusst, hätte er den Ausdruck wohl trotzdem verwendet. Es war halt eine andere Zeit. Aber Gott sei Dank: „Tempora mutantur"[9], wie der Lateiner sagt.

Und so konnte der Geist des Großvaters weiter in seinem Herrenzimmer herumschweben.

Einzig die Sitzgarnitur im Salon wurde ausgetauscht.

*****

---

[9] Die Zeiten ändern sich

Jolante wohnte jetzt mit Georg in der Villa zusammen, Merle konnte sich in Jolantes ehemaligem Haus austoben, und alles war eitel Sonnenschein.

Merle hatte das Haus zu einer Begegnungsstätte für Künstler gemacht. Bildhauer, Maler, Poeten, Schauspieler und ähnliches Volk hielt sich dort abwechslungsweise auf und ließen sich von Merle verköstigen.

Die Besuche von Georg und Jolante wurden von Mal zu Mal seltener. Jolante konnte und wollte nicht mitansehen, was sich dort abspielte.

Wenn man das Haus betrat, wurde man von einem Dunst aus Alkohol und Marihuana in Empfang genommen. Und alles war voller „Peace and Flower".

Und dann geschah das Unglück. Merle wurde schwanger. Mit einem Schlag war alles anders. Und als ob Schwangerschaft ansteckend wäre, verließen ihre Künstlerkollegen das Paradies, und ließen eine werdende Mutter zurück, die noch nicht einmal sagen konnte, wer der Erzeuger war.

Es kamen wohl mehrere „Täter" infrage. Aber ein Vater war sicher keiner dabei. Merle fiel in ein tiefes Loch.

Hatte sie zuvor schon größere Mengen Alkohol konsumiert, so steigerte sie diesen noch. Und ab und zu einen Joint, das musste schon sein.

Es grenzte schon fast an ein Wunder, als Sabine auf die Welt kam, und keinerlei körperliche Schäden aufwies.

Sabine war ein hübsches Mädchen und der Sonnenschein ihrer Großmutter Jolante.

Jolante kümmerte sich immer mehr um Sabine, denn Merle tat es nicht. Es war erschreckend mit anzusehen, wie sehr sich Merle verändert hatte.

Sie stand von früh bis spät in ihrer Werkstatt und bearbeitete unermüdlich Steine. Sie hieb mit einer solchen Wucht dagegen, als wolle sie die Steine stellvertretend für die Menschen bestrafen, die sie für ihr Schicksal verantwortlich machte.

Dass sie jedoch ihr Schicksal selbst gewählt hatte, das wollte sie nicht einsehen.

Ihr Gesundheitszustand verschlechterte sich immer mehr. Alkohol und Nikotin, schlechte und mangelhafte Ernährung verrichteten ihr zerstörerisches Werk.

Als Sabine gerade einmal fünf Jahre alt war, erlag Merle ihrem Leiden. Merle hatte Lungenkrebs.

Jolante und Georg nahmen Sabine nun endgültig bei sich auf und übernahmen die Vormundschaft. Das Haus und der Grund wurden verkauft und das Geld wurde bei der Bank für Sabine angelegt.

*****

Der große Vorteil bei Kindern, zumindest bis zu einem gewissen Alter, liegt darin, dass sie mit unschönen Lebensereignissen schneller und besser fertig werden können als Erwachsene.

Bei Sabine war es Gott sei Dank auch so. Die umfassende Liebe ihrer Großeltern trug dazu wesentlich bei.

Es war unübersehbar, dass Sabine ganz nach ihrer Mutter kam. Nicht nur vom Aussehen her, sondern auch in Sachen Temperament. Wobei Temperament wohl eher für das Wort Starrköpfigkeit steht.

Opa Georg, inzwischen im Ruhestand befindlich, hatte einen Narren an dem Kind gefressen. Er erfüllte Sabine jeden Wunsch, und das schon, noch bevor sie ihn ausgesprochen hatte.

Sabine wollte ein Pony - Sabine bekam ein Pony. Sabine wollte den Führerschein machen – Opa Georg meldete sie bei der Fahrschule an. Sabine wollte ein richtiges Pferd – Sabine bekam ein richtiges Pferd.

Jolante versuchte vergeblich, auf Georg dahingehend einzuwirken, er solle auch einmal NEIN sagen. Georg fand immer wieder ein Argument, Jolantes Bitte elegant auszuweichen.

Und wenn dann der frühe Tod von Merle als Argument vorgebracht wurde, dann vermochte Jolante auch schon einmal in Wut zu geraten.

Ansonsten herrschte viel Harmonie zwischen den dreien. Das war aber nur so lange, bis Harald auf der Bildfläche erschien.

Harald Merz war ein Schönling, ein Mann, der niemals nur einer Frau gehört. Alle Versuche, Sabine dahingehend zu warnen, schlugen fehl.

Was sich Sabine einmal in den Kopf gesetzt hatte, das konnte man nicht so einfach wieder herausbekommen. Und dieses Mal war es eben ein Mann.

Sabine war gerade einmal siebzehn Jahre alt, als der wesentlich ältere Harald, von Berufs wegen ein Automobilverkäufer, an Sabine Gefallen fand.

Es geschah anlässlich einer Tanzveranstaltung, bei der Harald Merz regelmäßig Ausschau nach Beute hielt.

Und Sabine passte genau in sein Beuteschema: Jung, frech und sexy.

Harald war stets, wie aus dem Ei gepellt. Das kam nicht zuletzt auch daher, dass er in einem Autosalon angestellt war, in welchem Autos der Luxusklasse feilgeboten wurden.

An Wochenenden durfte er sich einen dieser Nobelschlitten ausleihen, den er am Montagmorgen wieder abgeben musste.

Sein gutes Aussehen, in Verbindung mit einem Traumgefährt, waren der süße Honig, der die jungen Bienen anlockte.

Georg ärgerte sich, dass Sabine auf einen solchen Hallodri hereinfiel, sah er doch sein Enkelkind als ein kluges Wesen an, mit einem Blick für das Wesentliche.

Jolante hatte es auch mehrere Male versucht, auf Sabine einzuwirken; aber Sabine hörte sich die Bedenken der Großmutter erst gar nicht zu Ende an.

Zu einem Eklat kam es dann, als Sabine eines Tages ein Gespräch mit ihren Großeltern suchte.

„Ihr habt doch mein Vermögen mündelsicher angelegt", begann Sabine ihr Gespräch, und Georg ahnte noch im selben Augenblick, was da kommen würde.

„Ja", antwortete Georg, *„wieso fragst du?"*

„Wenn ich volljährig bin, kann ich doch über mein Geld verfügen", fuhr Sabine fort, während Georgs Blutdruck sich gerade in schwindelnde Höhen schwang.

Jolante, die ebenfalls von einer bösen Ahnung beschlichen wurde, musste daran denken, dass *„mein Vermögen"*, wie Sabine es auszudrücken beliebte, einmal das Haus von ihr war, und dass sie es Merle damals überlassen, aber niemals überschrieben hatte.

„Auch das ist teilweise richtig", sagte Georg, *„aber du hast noch immer nicht meine Frage beantwortet."*

Sabine überging die Bemerkung ihres Großvaters und sagte stattdessen:

„Harald und ich werden heiraten, wenn ich volljährig bin. Dann brauche ich das Geld, damit Harald seinen eigenen Autosalon eröffnen kann."

Jetzt war die Bombe geplatzt. Jolante war aufgesprungen.

„Du spinnst wohl", schrie sie laut, *„du wirst diesen Menschen nicht heiraten. Und das Geld bekommst du auch nicht. Es stammt von meinem Haus und es gehört mir."*

„Das werden wir dann schon sehen", schrie Sabine in derselben Lautstärke zurück. *„Und überhaupt, du bist nicht meine Mutter."*

Georg war aufgestanden und zu Sabine hingegangen. Er gab ihr eine schallende Ohrfeige und sagte:

„So sprichst du nicht mit deiner Großmutter, junge Dame. Entschuldige dich gefälligst!"

Sabine sprang auf und rannte hinaus. Jolante sah Georg vorwurfsvoll an.

„Das hättest du nicht tun sollen", sagte sie mit Tränen in den Augen, *„Sabine weiß nicht, was sie tut."*

„Wenn du dich da einmal nicht irrst, antwortete Georg, *„sie weiß ganz genau, was sie tut."*

*****

Nur wenige Wochen später, wurde durch ein völlig überraschendes Ereignis alles auf den Kopf gestellt. Sabine war schwanger.

Nun herrschte Windstärke zehn im Hause Merlinger. Sabine wurde zu einer Härteprüfung für Jolante und Georg, welche schier über ihre Kräfte ging.

Sabine hatte ihrem Liebsten die frohe Kunde gebracht und schmerzlich erfahren müssen, dass Dinge nicht immer so sind wie sie scheinen.

Der gute Harald bekam kalte Füße. Er fühle sich noch zu jung, um die Verantwortung für ein Kind zu übernehmen, so sein klares Credo, und das, obwohl der werdende Vater schon fünfunddreißig Jahre alt war. Also mehr als doppelt so alt wie Sabine.

Für Sabine stürzte eine Welt ein. Sie verstand nicht, warum Harald ihre Liebe verraten hatte, und sie teilte ihm unmissverständlich mit, dass sie ihn nie mehr sehen wolle.

Wer nun geglaubt hatte, das Problem mit dem ungeliebten, potenziellen Ehemann für Sabine wäre damit gelöst, hatte sich gewaltig geirrt.

Es passte nicht in das Weltbild von Oberstudiendirektor Georg Merlinger i. R., dass eine ledige junge Frau ein Kind großzieht.

„Der Kerl wird dich heiraten", hatte Opa Georg zu Sabine gesagt, *„dafür werde ich schon sorgen."*

Und Opa Georg sorgte auch dafür. Er nahm sich Harald zur Brust und fragte ihn, ob ihm sein Beruf gefiele, und ob er ihn gern behalten möchte.

Harald Merz verstand nicht gleich, was Georg wollte, bis Georg deutlicher wurde.

„Damit eines ganz klar ist", begann Georg, *„ich mag sie nicht. Ich mag keine Schmarotzer, keine Lügner und keine Feiglinge.*

Sie sind, so glaube ich, eine schlechte Mischung aus allem."

„Was erlauben Sie sich", versuchte Harald Haltung zu zeigen; aber es war ein äußerst erbärmlicher Versuch.

Vielleicht lag es daran, dass Georg wesentlich älter war als Harald oder dass Harald über die frühere Tätigkeit von Georg informiert war. Aber vielleicht war es auch nur die Bestimmtheit, mit welcher Georg ihm gegenübertrat.

„Ihr Chef, Direktor Henlein ist wie ich auch Mitglied im Rotary-Klub, und ich kann sagen, dass wir sehr gute Freunde sind.

Harald zuckte zusammen. Das letzte, was er wollte, wäre seine Kündigung. Dafür liebte er seinen Beruf und die damit verbundenen Privilegien viel zu sehr.

Er ahnte, was als Nächstes kommen würde, und er sollte recht behalten.

„Ich versichere Ihnen, Herr Merz, wenn Sie morgen ihre Kündigung in der Post vorfinden, werden Sie so bald keine neue Arbeit finden. Zumindest keine, die Ihnen gefallen wird. Direktor Henlein wird Ihnen ein entsprechendes Zeugnis ausstellen."

Harald Merz wurde immer blasser. Die letzten Worte von Georg hatte er kaum noch verstehen können, so sehr rauschte es in seinen Ohren.

„Erst heucheln Sie meiner Enkelin die große Liebe vor, weil sie glauben, mit ihrem Geld einen eigenen Autosalon eröffnen zu können, dann schwängern Sie sie, und jetzt wollen Sie sie auch noch sitzen lassen."

„Was für ein Autosalon?", fragte Harald Merz ungläubig, und Georg erkannte augenblicklich, dass diese Geschichte auf dem Mist von Sabine gewachsen war, und dass Harald davon gar nichts wusste.

„Unwichtig", sagte Georg barsch, *„Sie werden am Sonntag, mit einem Blumenstrauß bewaffnet, zu uns kommen. Sie werden sich bei Sabine entschuldigen und dann werden Sie, in unserem Beisein, um Sabines Hand anhalten.*

116

Das ist die Variante A. Variante B sieht so aus, dass Sie bei ihrer bisherigen Absicht bleiben und sich in den nächsten Tagen einen neuen Job suchen werden.

Sie haben die Wahl. Und jetzt gehen Sie mir aus den Augen, bevor ich mich noch vergesse."

*****

Es war Sonntagnachmittag und die Familie saß im Salon scheinbar friedlich am Kaffeetisch beisammen.

Um Punkt vier Uhr läutete es an der Haustür.

„Schaust du bitte, wer das ist", sagte Georg zu Sabine, die sich noch immer in ihrer Schmollphase suhlte.

Den Mut, mit welcher Sabine ihrer Großmutter respektlos gegenübergetreten war, hatte sie bei Georg nicht. Sie stand auf und ging zur Tür.

„Was willst du denn da?", fragte sie den Besucher mit bösem Blick.

„Ich bin gekommen, um mich bei dir zu entschuldigen", antwortete Harald und hielt Sabine einen großen, sehr teuer aussehenden Blumenstrauß entgegen.

„Den kannst du deiner Mutter schenken", antwortete Sabine giftig und wollte schon die Haustür zuschlagen, als sie Georg hinter sich fragen hörte:

„Wer ist es denn, Sabine?"

Und bevor Sabine antworten konnte, sagte Georg in herablassendem Ton:

„Ach Sie sind es nur, Herr Merz. Was führt sie zu uns?"

Harald Merz schluckte die Geringschätzigkeit seiner Person, die aus den Worten von Georg herauszuhören war, tapfer hinunter und antwortete:

„Guten Tag, Herr Oberstudiendirektor. Ich bin gekommen, um mich bei Sabine zu entschuldigen und um Sie um ein Gespräch zu bitten."

Der aus dem Mund des Besuchers heraustiebende weiße Staub war ein klares Zeichen dafür, dass Harald Merz Unmengen an Kreide gegessen haben musste, um das sagen zu können.

„Ja dann kommen Sie doch herein, Herr Merz", erwiderte Georg, *„und geben Sie Sabine die wunderschönen Blumen, damit sie sie in eine Vase geben kann."*

Georg ging voraus in Richtung Salon, und Harald folgte ihm wie ein braves Hündchen.

„*Schau nur, wen ich dir mitgebracht habe*", sagte Georg zu Jolante, und er genoss jedes einzelne Wort, ja jede einzelne Silbe, die ihm über die Lippen kam.

„*Das ist aber eine Überraschung*", sagte Jolante, und sie meinte es auch so; denn von Georgs Intrige wusste sie nichts.

„*Guten Tag, Frau Merlinger*", erwiderte Harald brav und küsste Jolante die Hand.

„*Sieh an, ein Kavalier*", sagte Georg, und er fragte sich, ob es sich bei Harald um ein Überbleibsel einer guten Erziehung handelte oder ob es ein Teil seines Handwerkzeugs als Westentaschen-Casanova war.

„*Möchten Sie eine Tasse Kaffee mit uns trinken oder lieber eine Tasse Tee?*", fragte Jolante und Harald antwortete:

„*Eine Tasse Kaffee wäre sehr schön, gnädige Frau.*"

Jolante goss den Kaffee ein und Georg schaute Harald erwartungsvoll an. Als dieser nicht reagierte, sagte Georg:

„*Wollten Sie nicht mit Sabine etwas besprechen?*"

Harald fühlte sich sichtbar unwohl. Er stand auf und richtete sich an Sabine.

„*Liebe Sabine, es tut mir so leid, dass ich so dumm reagiert habe.*

Es lag daran, dass ich überfordert war, als du mir die Frohe Botschaft mitgeteilt hast.

Natürlich freue ich mich auf unser Kind, und ich verspreche dir, dass ich für dich und das Kind da sein werde.

Bitte, verzeih mir und gib mir noch eine Chance. "

Georg applaudierte heftig und Sabine und Jolante zeigten sich in hohem Maße erstaunt und waren tief bewegt.

Sabine, weil sie fühlte, wie die verloren gegangen geglaubte Liebe augenblicklich wieder zurückkehrte, und Jolante, weil sie den Sinneswandel ihres Gatten nicht nachvollziehen konnte.

„Wusste ich `s doch, dass ein guter Kern in Ihnen steckt", sagte Georg und reichte Harald die Hand.

„Willkommen in der Familie Merlinger-Bach!"

„Wenn Sie erlauben, möchte ich noch etwas sagen", fuhr Harald fort. Er schaute zuerst Georg in die Augen und dann Jolante.

„Ich möchte Sie um die Hand ihrer Enkeltochter Sabine bitten. "

Georg lächelte zufrieden, Sabine fiel Harald um den Hals, und Jolante verstand die Welt nicht mehr.

„Komm mit, Junge", sagte Georg, *„wir gehen eine rauchen."*

Georg ging mit Harald ins Herrenzimmer, um ihm gewisse Regeln mitzuteilen:

1. *„Du bestehst auf Gütertrennung und einen Ehevertrag, den ich aufsetzen werde. Und du lässt dich von Sabine auf keinen Fall davon abbringen.*
2. *Du wirst Sabine auf Händen tragen und dem Kind ein allzeit liebevoller Vater sein.*
3. *Wenn ich dich erwische, dass du fremdgehst, kannst du dir einen neuen Job suchen.* U n d
4. *Es gibt keinen Autosalon für dich."*

„Ich hatte nie vor, einen eigenen Autosalon zu eröffnen", antwortete Harald, *„und das wird sich auch nicht ändern."*

„Dann sind wir uns ja einig, mein Lieber", erwiderte Georg und holte die Cognacflasche aus dem Schrank.

Er goss zwei Gläser ein und stieß mit Harald auf die Vereinbarung an. Dann öffnete er eine Zigarrenkiste und hielt sie Harald entgegen.

„Wollen wir eine Friedenspfeife miteinander rauchen?", fragte Georg, und Harald antwortete:

„Ich glaube, dann wird mir schlecht."

*****

Georg hatte Sabine zu ihrer Volljährigkeit eine kleine Eigentumswohnung gekauft. Einen Großteil des restlichen Geldes behielt er jedoch zurück, um es weiterhin zu verwalten.

Georg konnte das tun, auch gegen alle Widerstände von Sabine, denn es gab keine Eigentumsübertragung von dem Erlös des Hausverkaufs von Jolante.

Das Verhältnis zwischen Georg, Jolante und Sabine war deutlich abgekühlt und näherte sich schon bedenklich dem Gefrierpunkt.

Das änderte sich auch nicht wirklich, als Klara auf die Welt kam. Sabine erfand immer wieder einen neuen Vorwand, um ihre Großeltern von einem Besuch abzuhalten.

Es ärgerte sie maßlos, dass sie nicht über das ganze Geld verfügen durfte. Sie hätte sich zu gern als Gattin eines Autosalon-Inhabers gesehen. Und der liebe Harald konnte nicht aufhören, sein Bedauern darüber zum Ausdruck zu bringen.

Klara stellte sich schon sehr bald als eine echte Reifeprüfung dar. Der Bach'sche Starrsinn hatte sich - in listige Gene eingeschweißt - auch in der kindlichen Seele von Klara manifestiert.

„Widerstand" hieß von Anfang an die Parole, welche sich der kleine Erdenbürger auf seine Lebensfahne geschrieben hatte.

Und auf die Unterstützung von Klaras Papa hoffte Sabine vergebens.

Harald kam immer später nach Hause.

„Die viele Arbeit frisst mich noch auf", war seine Standardausrede und die Begründung dafür, dass er, anstatt sich lustvoll auf sein Eheweib zu stürzen, sich lieber in die Wanne setzte, und sich danach im ehelichen Schlafgemach eiligst der Nachtruhe hingab.

Ihre gemeinsame Tochter erweckte nur ein geringes Interesse bei ihm, und das Geplärre, wie er die Begleitmusik des Zähnebekommens bei Klara zu nennen pflegte, war ihm äußerst lästig.

Wehrte sich Sabine anfangs noch gegen die Missstände, so versank sie immer mehr in eine Lethargie der Gleichgültigkeit.

Und das Alkohol-Gen ihrer Mutter begann sich allmählich nun auch bei Sabine zu entfalten.

Das wiederum führte dazu, dass Harald immer seltener nach Hause kam. Ein Teufelskreis hatte sich etabliert, der sich von Tag zu Tag immer weiter ausbreitete.

Als Harald eines Abends nach Hause kam, und von Klara lautstark begrüßt wurde, eskalierte das Ganze.

Klara hatte ihre Windel angereichert und bedurfte schnellstens eines „Wäschetausches".

Sabine lag auf der Couch, und auf dem Boden neben ihr lag eine leere Weinflasche. Ein Glas war nicht zu sehen.

„Was bist du nur für eine Mutter", sagte Harald vorwurfsvoll, worauf Sabine erwiderte:

„Nicht besser als du in deiner Rolle als Vater."

„Ich schau mir das nicht mehr länger an", sagte Harald.

„Dann geh doch, du Loser", erwiderte Sabine, *„geh zu deinen Weibern!"*

Und zur Bekräftigung ihrer Worte hob sie die Weinflasche vom Boden auf und warf sie nach Harald. Die Flasche verfehlte ihn nur knapp und zerschellte an der Wand.

Harald ging ins Schlafzimmer, packte ein paar Sachen ein und verließ die Wohnung. Als er vor der Tür war, rief er Georg an:

„Hallo, Herr Merlinger, hier spricht Harald Merz.

Bitte, gehen Sie mit Ihrer Gattin zu Sabine. Ich habe sie gerade verlassen, und es ist mir egal, ob Sie für meine Entlassung sorgen werden oder nicht.

Aber kümmern Sie sich um Klara, sie verkommt sonst."

*****

Als Georg und Jolante wenig später die Wohnung von Sabine betraten, bot sich ihnen ein Bild des Grauens.

Georg öffnete erst einmal ein Fenster, um den penetranten Geruch ins Freie zu entlassen, während Jolante sich um Sabine kümmerte.

„Der Schuft hat mich verlassen", schluchzte Sabine und schlang ihre Arme um Jolante.

„Alles wird gut", sagte Jolante und streichelte Sabine. *„Jetzt kümmere ich mich erst einmal um Klara und Opa kümmert sich um dich. Ist das in Ordnung?"*

„Ja, Omi", antwortete Sabine, *„ich bin so froh, dass ihr da seid."*

Jolante ging ins Kinderzimmer und befreite Klara von den Unannehmlichkeiten, welche ihren kleinen Körper schon seit einer geraumen Weile bedrohten.

Inzwischen kümmerte sich Opa Georg um Sabine, eine junge Frau, welche genau genommen noch eher ein großes Mädchen war.

„Hätte ich nur auf dich gehört, Großvater", sagte Sabine, *„es tut mir so leid. Bist du mir sehr böse?"*

„Aber nein, du Dummchen", antwortete Georg. Er mochte dieses Wort „Großvater" sehr, hatte es doch etwas Majestätisches an sich.

Und Sabine knüpfte in diesem Augenblick wieder da an, wo sie vor vielen Jahren aufgehört hatte:

Sabine wünscht – Großvater Georg erfüllt.

*****

Georg und Jolante waren Sabines Wunsch nachgekommen, sie und Klara bei sich aufzunehmen.

Es dauerte auch nicht lange, und Sabine hatte ihr Leben wieder im Griff. Sie hatte aufgehört zu trinken und kümmerte sich liebevoll um Klara.

Klara entwickelte sich prächtig. Sie war inzwischen schon vier Jahre alt und Opa Georg, wie Klara ihn nannte, fand, dass der Zeitpunkt gekommen wäre, Klara auf das Pony zu setzen.

Sabine führte „Happy", so hatte sie damals als Kind ihr Pony getauft, am Zügel, und Opa Georg hielt Klara fest.

Jolante sah zu, und sie dachte gern an die Zeit zurück, als Sabine in Klaras Alter war. Damals war die Welt noch in Ordnung und niemand dachte daran, dass Sabines Lebensweg in eine Sackgasse münden würde.

Seit Harald aus Sabines Leben verschwunden war, war Harald und die Ehe mit ihm ein Tabuthema. Jolante hatte mehrmals versucht, mit Sabine darüber zu reden; aber Sabine blockte jedes Mal wieder ab.

Georg wollte damals Harald suchen und ihn zur Rede stellen, wovon Jolante ihn aber mit aller Macht abhielt, mit der Begründung, dass dadurch der Schmerz von Sabine nur noch größer werden würde.

Irgendwann ließ man die leidige Angelegenheit einfach auf sich beruhen.

*****

Sabine hatte von ihrer Mutter eine Eigenschaft geerbt, welche ihr eine neue Perspektive eröffnete: das Fertigen von Schmuck.

Sie konnte stundenlang mit diversen Drahtarten, einer Zange und einem Lötkolben die schönsten Gebilde zaubern.

Das brachte Georg auf eine Idee. Eine seiner früheren Schülerinnen, eine gewisse Bianca Hornung, war Goldschmiedin und besaß ein Geschäft in der Stadt.

Georg beschloss sie zu besuchen.

„Wissen Sie noch, wer ich bin?", fragte Georg, als er ihr Geschäft betrat und sie auf ihn zukam.

„*Aber natürlich, Herr Oberstudiendirektor*", antwortete Bianca Hornung freudig, worauf Georg antwortete:

„*Damals haben Sie mich aber anders genannt, meine Liebe.*"

„*Sie wissen das?*", erwiderte Bianca erstaunt und errötete leicht dabei.

„*Jetzt staunen Sie aber, Bianca*", sagte Georg genüsslich, „*Sie waren doch der Erfinder meines alternativen Titels.*"

„*Woher...*", begann Bianca zu stottern.

„*Eine Mitschülerin hat sie verraten, um sich bei mir eine Notenverbesserung zu erschleichen*", antwortete Georg.

„*Wieso haben Sie nichts gesagt?*", fragte Bianca, deren Überraschung zunahm, denn die Gefahr, dass sie damals von der Schule geflogen wäre, bestand in jenen Tagen durchaus.

„*Dafür gab es zwei Gründe*", antwortete Georg:

„*Erstens wollte ich einer talentierten Schülerin nicht die Zukunft verbauen, und zweitens war ich als Schüler auch kein Kind von Traurigkeit.*"

Bianca sah ihren ehemaligen Lehrer mit großen Augen an. „*Wie dumm man als junger Mensch doch sein kann*", dachte sie und sagte dann:

„*Würden Sie im Nachhinein meine Entschuldigung noch annehmen, Herr Oberstudiendirektor?*"

„*Entschuldigung angenommen*", antwortete Georg, „*und bitte, nennen Sie mich einfach <Herr Merlinger>, liebe Bianca.*"

„*Vielen Dank, Herr Merlinger*", erwiderte Bianca, „*aber jetzt sagen Sie mir bitte, was Sie zu mir führt.*"

Vielleicht ein Schmuckstück für die verehrte Gattin?"

„*Nein, Bianca*", erwiderte Georg, „*ich möchte Ihnen etwas zeigen.*"

Georg legte Bianca eine Arbeit von Sabine auf den Tresen. Es war eine stilisierte Blume aus verschiedenen Drahtarten.

„*Das ist sehr schön*", sagte Bianca anerkennend, „*darf ich fragen, woher Sie das haben?*"

„*Das ist von meiner Enkeltochter Sabine*", antwortete Georg, „*und ich möchte von Ihnen wissen, ob sie Talent hat.*"

Bianca schaute sich das Schmuckstück eingehend an und wollte gerade antworten, als Georg ergänzte:

„*Ich möchte keine Gefälligkeitsgutachten; ich bitte Sie um Ihre ehrliche Meinung.*"

„Die bekommen Sie auch, Herr Merlinger", ant-wortete Bianca, „Ihre Enkeltochter hat Talent. Sogar sehr viel Talent."

„Könnten Sie sich vorstellen, dass Sabine den Be-ruf einer Goldschmiedin erlernen könnte?", fragte Georg, und Bianca antwortete:

„Unbedingt sogar. Und wenn sie möchte, dann kann sie ihre Ausbildung bei mir machen."

Georg sah Bianca eingehend an, bevor er fragte:

„Und sie machen das nicht, weil Sie Schuldgefühle mir gegenüber haben?"

„Auf gar keinen Fall, Herr Merlinger", antwortete Bianca lachend. „Erstens haben Sie mir ja verziehen, und zweitens ist diese schändliche Tat von damals längst verjährt."

„Sie gefallen mir, Bianca", sagte Georg, „hätten Sie vielleicht Lust in den nächsten Tagen zu uns zum Essen zu kommen? Dann könnten Sie Sabine gleich kennenlernen und ihre anderen Kreationen begutach-ten."

„Sehr gern, Herr Merlinger", antwortete Bianca.

Georg überreichte Bianca seine Visitenkarte mit der Bemerkung:

„Hier haben Sie Adresse und Telefonnummer. Mel-den Sie sich, wann es Ihnen passt."

„*Das werde ich ganz sicher tun, Herr Merlinger*", antwortete Bianca, „*ich freue mich schon darauf.*"

„*Fein*", antwortete Georg, „*und bitte, nennen Sie mich <Georg>, das würde mich sehr freuen.*"

*****

Jolante spielte mit Klara Tierkinder Memory, Sabine saß in ihrer Werkstatt – Georg hatte ihr dafür eines der Gästezimmer in der Villa zur Verfügung gestellt – und versuchte sich an neuen Kreationen.

„*Wo ist Sabine?*", fragte Georg und Jolante antwortete:

„*Wo wird sie schon sein?*"

Man konnte beinahe einen kleinen Vorwurf aus ihrer Antwort heraushören. Nach Jolantes Meinung, sollte sich Sabine wohl etwas mehr um Klara kümmern, und nicht stundenlang in ihrer Werkstatt hocken.

„*Es gibt tolle Neuigkeiten*", sagte Georg, „*ich werde Sabine holen.*"

Kurz darauf kam er mit Sabine zurück.

„*Setz dich!*", sagte er zu Sabine, „*es gibt Neuigkeiten.*"

Sabine setzte sich und schaute Georg erwartungsvoll an.

„Was würdest du davon halten, wenn du demnächst eine Ausbildung zur Goldschmiedin machen könntest", fragte Georg in einem triumphalen Ton.

Sabine riss die Augen weit auf und antwortete:

„Das wäre supermaximal, Großvater; außergalaktisch."

„Was für eine schreckliche Wortwahl", erwiderte Georg traurig, *„es ist ein Verbrechen, was ihr jungen Leute mit unserer wunderbaren deutschen Sprache macht."*

„Du sagst doch selbst immer <tempora mutantur>[10]", sagte Sabine keck, worauf Georg ergänzte:

„<Nos et mutamur in illis>[11]; ich weiß."

„Wie, wo und wann soll das stattfinden?", fragte Sabine aufgeregt, und dann erzählte Georg von seiner Begegnung und dem Gespräch mit seiner ehemaligen Schülerin.

„Ich habe sie zum Essen bei uns eingeladen. Dann kannst du alles Weitere mit ihr persönlich regeln."

---

[10] Die Zeiten ändern sich
[11] Und wir ändern uns in ihnen

„Es ist nett von euch, dass ihr mich in euer Gespräch miteinbezieht. "

Es lag viel Zynismus in diesen Worten. Jolante hatte sie ausgesprochen. Sie kam sich in diesem Moment einfach nur ausgenützt vor. Alles war so selbstverständlich: das Beschäftigen mit Klara, Essenkochen für wildfremde Leute, und so weiter, und so fort...

Georg sah Jolante an. In ihrem Gesicht stand nur ein einziges Wort geschrieben: Vorwurf.

„Warum sagst du so etwas? ", fragte Georg, darum bemüht, ruhig und gelöst zu wirken.

Als Jolante nicht sofort darauf antwortete, beging Georg einen gewaltigen Fehler.

„Möchtest du deinem Gebieter nicht antworten? "

Jolante stand abrupt auf und sagte mit sehr lauter Stimme:

„Ich bin nicht mehr länger euer Dienstmädchen, und auch nicht mehr deine Sklavin, mein Gebieter. "

Jolante verließ das Zimmer, die kleine Klara begann zu weinen, und Georg und Sabine sahen sich verständnislos an.

„Die Nummer mit dem <Gebieter> war wohl nicht so toll ", sagte Sabine, worauf Georg heftig antwortete:

„Sei still, das verstehst du nicht. Kümmere dich lieber um dein Kind."

Georg eilte Jolante nach. Sie war aus dem Haus gerannt und ein Stück weit in den Park hineingelaufen.

Jolante ließ sich auf den Boden gleiten und begann zu weinen.

Georg näherte sich ihr behutsam. Er tat dies Schritt für Schritt, um sie nicht zu erschrecken. Als Jolante ihn bemerkte, sagte sie:

„Was willst du? Geh weg; lass mich in Ruhe!"

Georg musste an eine ähnliche Situation denken. Es war, als er Jolante in ihrem Haus besuchte, und sie in einer schlimmen Verfassung in ihrem Bett vorfand.

„Ich möchte mich bei dir entschuldigen, sofern du einem dummen, alten Esel die Gelegenheit dazu gibst. Verdient hat er es nicht."

„Da könntest du recht haben", antwortete Jolante.

Die Antwort von Jolante erfreute Georg und machte ihm Mut. Er setzte sich neben Jolante und legte ganz vorsichtig seinen Arm um sie.

„Wie hältst du es nur aus mit diesem Scheusal?", fragte Georg.

Jolante wandte ihren Kopf Georg zu und sah in mit einem tiefen Blick an. Dann sagte sie:

134

„*An manchen Tagen geht es recht gut; aber zurzeit ist es etwas schwierig.*"

„*Würdest du das bitte etwas präzisieren?*", fragte Georg.

Jolante überlegte einen Moment, dann sagte sie:

„*Seit Sabine mit Klara bei uns ist, hast du mich in die zweite Reihe zurückversetzt. Das tut weh. Alles dreht sich nur noch um die beiden.*

Du fällst jede Entscheidung ohne mich. Ich würde mich freuen, wenn ich wieder etwas mehr an deinem Leben teilhaben könnte.

Und dann lädst du einfach jemand zum Essen ein. Findest du nicht, du hättest mich vorher fragen können?"

Georg hatte aufmerksam zugehört, und er musste sich eingestehen, dass jedes von Jolantes Worten völlig berechtigt war.

„*Ich bekenne mich in allen Anklagepunkten schuldig, Euer Ehren, und erbitte eine milde Strafe.*"

Jolante war sich zuerst nicht sicher, wie viel Ernsthaftigkeit in Georgs Antwort zu finden wäre, aber als sie in sein Gesicht sah, erkannte sie, dass er es durchaus ernst gemeint hatte.

Dass seine Antwort in ein Papier aus charmedurchzogener Spaßhaftigkeit gewickelt war, ließ sie gelten.

*„Deine gerechte Strafe musst du dir selbst aussu-
chen"*, sagte Jolante, und Georg sah mit großer Erleichterung, dass ein sanftes Lächeln an die Stelle der
Tränen in Jolantes Gesicht getreten war.

Er küsste sie und sagte:

*„Du bist der wunderbarste Mensch, den ich kenne.
Ich sollte dir das viel öfter sagen."*

„Das ist eine sehr gute Idee, mein Liebling", antwortete Jolante, *„aber jetzt lass uns wieder hineingehen, und gemeinsam überlegen, was wir deinem Besuch zu essen kochen können."*

*****

Das Treffen mit Bianca Hornung war ein voller Er-
folg. Sie hatte sich, noch vor dem gemeinsamen Essen, mit Sabine in deren Werkstatt zurückgezogen, um
sich alles zeigen zu lassen.

Die beiden Frauen verstanden sich auf Anhieb. In
der Zwischenzeit wurde vom „Corleone" ein kleines
Antipasti Buffet geliefert. Georg hatte darauf bestanden, dass Jolante nicht kochen sollte. Schon am nächsten Tag fing Sabine bei Bianca ihre Ausbildung zur
Goldschmiedin an. Weil das Geschäft von Bianca am
anderen Ende der Stadt lag, stellte Jolante ihr Auto zur
Verfügung.

*****

Im darauffolgenden Jahr stand die Einschulung von Klara an. Aus diesem Grund bezog Sabine mit Klara wieder ihre Wohnung in der Stadt.

Von dort war der Weg zur Schule nicht weit. Sabine brachte Klara morgens zur Schule, ging danach zu Bianca, und holte Klara nach Schulschluss wieder ab.

Während der Ferien wohnte Klara wieder bei Jolante und Georg, und Sabine konnte dadurch ganztags bei Bianca arbeiten.

Sabine lernte sehr schnell, und Bianca war voll des Lobes. An manchen Wochenenden kam Bianca in die Villa und verbrachte Zeit mit der Familie Merlinger-Bach.

Sabine hatte bei ihrer Heirat mit Harald Merz darauf bestanden, ihren Familiennamen beizubehalten. Und Harald hatte eingewilligt, ihren Familiennamen anzunehmen.

Jolante war aufgefallen, dass sich zwischen Sabine und Bianca ein sehr inniges, ja fast schon intimes Verhältnis entwickelt hatte.

Als Jolante eines Abends mit Georg im Bett lag, fragte sie ihn unvermittelt:

„Könntest du dir vorstellen, dass die beiden Frauen ineinander verliebt sind?"

„Welche Frauen?", erwiderte Georg, der mit der Frage gerade überhaupt nichts anzufangen wusste.

„Na Sabine und Bianca", antwortete Jolante.

„Wie kommst du darauf?", fragte Georg erstaunt und Jolante antwortete:

„Wir Frauen haben einen sechsten Sinn für so etwas."

„Das ist Unsinn", erwiderte Georg, *„vergiss nicht, dass Sabine verheiratet war, und eine Tochter hat."*

Damit war das Thema für Georg erledigt. Er drehte sich auf die Seite und wünschte eine gute Nacht.

„Du hast ja keine Ahnung", sagte Jolante, drehte sich ebenfalls auf die Seite und löschte das Licht.

*****

Es zeigte sich immer mehr, dass auch Klara der „Bach`sche Starrsinn" innewohnte.

Als sie eines Tages in der Schule erschien, ohne ihre Hausaufgaben gemacht zu haben, erklärte sie ihrer Lehrerin den Grund dafür:

„Sie wissen doch, wer mein Großvater ist", begann sie ihr Plädoyer, *„denn von ihm habe ich diese Lebensweisheit."*

„*Welche Lebensweisheit meinst du, Klara?*", fragte die Lehrerin, worauf Klara antwortete:

„*Man soll immer nur etwas machen, wenn man es auch gerne macht. Und gestern hatte ich keine Lust, meine Hausaufgaben zu machen.*"

„*Ich verstehe*", sagte die Lehrerin, „*das ist ein interessanter Gedanke.*"

Sie ließ ihre Antwort wirken, während Klara erwartungsvoll an den Lippen der Lehrerin hing und auf Antwort wartete.

„*Wie ist das mit dem Zähneputzen bei dir?*", fragte die Lehrerin, „*machst du das jeden Tag, morgens, mittags und abends? Und machst du das gern?*"

„*Nicht so gern*", antwortete Klara, „*und nur morgens und abends; mittags nie.*"

„*So, so*", erwiderte die Lehrerin, „*und warum machst du es, obwohl du es gar nicht so gern magst?*"

Klara bemerkte in diesem Augenblick, dass sie der Frau Lehrerin auf den Leim gegangen war.

„*Weil es gesund ist*", antwortete Klara kleinlaut.

„*Genau*", bestätigte die Lehrerin, „*und weil sonst deine Zähne verfaulen und irgendwann aus dem Mund fallen.*"

Klara war nicht so dumm, als dass sie nicht bemerkt hätte, dass die Lehrerin maßlos übertrieben hatte. Und als wäre das nicht schon genug, setzte sie noch einen drauf:

„Wenn du deine Hausaufgaben nicht machst, dann bleibst du dumm und hast später auch schlechte Karten im Berufsleben.

Du siehst, es gibt Bereiche im Leben, wo man manchmal Dinge machen sollte, die man nicht so toll findet, die aber äußerst nützlich und sinnvoll sind. "

War Klara bisher kein erklärter Fan ihrer Lehrerin, so hasste sie diese Frau ab diesem Tag.

Opa Georg musste hingegen eine ordentliche Schelte über sich ergehen lassen, von wegen „nur machen, was man gerne macht".

*****

Sabines Fortschritte waren bemerkenswert. Sie hatte ihre Ausbildung zur Goldschmiedin mit Bravour abgeschlossen. Aus diesem Grund wurde ein großes Fest ausgerichtet. Es fand in der Villa statt. Das warme Wetter ließ es zu, dass man im Freien feiern konnte.

Sabine und Bianca hatten Freunde eingeladen und es wurde aus Leibeskräften gegessen, getrunken und gefeiert.

Es war unübersehbar, dass Sabine und Bianca mehr als nur eine Freundschaft verband, und sie bemühten sich auch erst gar nicht, es zu verbergen.

Besonders zur fortgeschrittenen Stunde. Ein lieber Blick hier, ein Küsschen da; alles mit großer Hingabe und ungeniert.

Georg beobachtete es mit einigem Erstaunen. Nicht, dass er etwas gegen die gleichgeschlechtliche Liebe hätte; aber wieso wusste es Jolante schon lange vorher?

„Was hältst du davon?", fragte er Jolante, als Sabine und Bianca gerade wieder einmal ihre Zuneigung in Form eines Kusses zum Ausdruck brachten.

„Wie meinst du das?", fragte Jolante.

„Nun, in Zusammenhang mit Klara", antwortete Georg.

„Ich sehe da kein Problem", sagte Jolante, *„willkommen im 21. Jahrhundert!"*

„Wieso nimmst du die Sache so einfach auf die leichte Schulter?", fragte Georg, und Jolante antwortete:

„Weil es so einfach ist."

*****

Als Sabine den Anruf von Klaras Lehrerin erhielt, sie möge bitte auf ein Gespräch vorbeikommen, weil Klara sich mit einer Mitschülerin geprügelt hatte, ahnte Sabine sogleich, was auf sie zukommen würde.

Klaras Lehrerin, Frau Mandy Ilkerl, hatte außer ihrem toughen Vornamen nichts Toughes an sich. Sie führte ihre Schüler mit harter Hand und einer völlig humorlosen Herangehensweise.

„Sie wissen, warum ich Sie einbestellt habe?"

Mit dieser Frage traf die Lehrerin genau auf die Richtige. Sabine holte einmal tief Luft, und dann kam der Bach'sche Starrsinn voll zur Geltung.

„Verehrte Frau Ilkerl, wir sind weder beim Militär, noch vor Gericht. Sollten Sie Ihren provokanten Ton nicht auf der Stelle ändern, bin ich augenblicklich wieder weg. Haben Sie das verstanden?"

Dem letzten Satz hatte Sabine ordentlich viel Schmackes beigegeben und Blitze aus ihren Augen in Richtung der Lehrerin gefeuert.

„Entschuldigen Sie, Frau Bach", sagte die Lehrerin kleinlaut, *„ich wollte nicht unhöflich sein."*

Frau Ilkerl hatte klar erkennbar den Rückzug angetreten. Sie war es bisher nicht gewohnt, dass ein Elternteil ihr die Stirn geboten hatte.

„Dann ist es ja gut, Frau Ilkerl", erwiderte Sabine, jetzt wieder in einer verträglichen Lautstärke.

„Und jetzt erzählen Sie mir genau, was vorgefallen ist. Und aus neutraler Sicht, wenn ich bitten darf."

Der Frau Lehrerin wäre im Traum nicht eingefallen, etwas anderes zu machen, als wertfrei ihren Bericht vorzulegen.

„Chantal-Marie, eine Mitschülerin von Klara, hat Klara mit so einem Wort beschimpft."

Sabine wusste sofort, um was es hier ging. Allein schon die Art, wie sich die Lehrerin um das Wort herumdrückte.

„Was für ein Wort war das?"

Die Schärfe der Worte machte Mandy Ilkerl Angst. Sie fing an sich zu winden.

„Nun, das ist ja nicht so wichtig", versuchte sie die Klippe zu umschiffen, *„es geht ja primär darum, dass Klara ihre Mitschülerin an den Haaren auf den Boden gezerrt und heftig malträtiert hat."*

„Was für ein Wort hat Chantal-Marie gesagt?"

Sabine hatte sich bedrohlich nah vor der Lehrerin aufgebaut, als sie ihre Frage wiederholte.

„Bitch einer Lesbentussi", flüsterte Frau Ilkerl so leise, dass Sabine nicht sicher war, ob sie es richtig verstanden hatte.

„Ich habe Sie nicht verstanden, Frau Ilkerl. Also noch einmal, was hat Chantal-Marie gesagt. Und zwar so laut, dass ich es auch verstehen kann."

„Bitch einer Lesbentussi."

Mandy Ilkerl hatte es förmlich hinausgeschrien.

„Und Sie zitieren mich hierher, weil diese Chantal-Marie meine Tochter auf das Übelste beleidigt hat?", erwiderte Sabine in höchster Rage, *„sind Sie blöde?"*

Frau Ilkerls Angst nahm gerade progressiv zu.

„Meine Tochter Klara hat sich mehr als angemessen verhalten, was man von Ihnen nicht sagen kann. Sie geben mir jetzt auf der Stelle die Adresse dieser Rotznase, damit ich sie und ihre Eltern besuchen kann."

Frau Ilkerl nahm all ihren Mut zusammen. Sie streckte ihre Brust weit heraus und antwortete:

„Das mache ich ganz sicher nicht, Frau Bach. Das unterliegt dem Datenschutz."

„Ich werde Ihnen gleich Datenschutz geben, Sie unfähiges Etwas. Sie sind als Pädagogin ebenso eine Nullnummer wie als Mensch."

Sabine hatte sich in Rage geredet, und sie hätte auch gerne noch so weitergemacht, wenn sich nicht die Tür geöffnet hätte, und die Frau Direktor auf der Bildfläche erschienen wäre.

„Was ist hier los?", fragte sie, *„das Geschrei kann man ja im ganzen Haus hören."*

Erst jetzt erkannte sie Sabine.

„Hallo, Sabine, was machen Sie denn hier? Wie geht es Ihrem Großvater?"

*****

Ein paar Wochen vor Ostern war das Wetter ungewöhnlich warm, und Georg und Jolante hatten sich in ihre Liegestühle auf die Terrasse gelegt.

Der guten Verbindung von Opa Georg und Frau Direktor Meisner – beide ja aktive Rotarier – war es zu verdanken, dass die Causa „Klara vs. Chantal-Marie" zu einem befriedigenden Abschluss gebracht werden konnte:

Klara und Chantal-Marie bekamen von der Frau Direktor einen Tadel.

Chantal-Marie musste sich bei Klara entschuldigen, ob ihrer unflätigen und beleidigenden Wortwahl.

Die Eltern von Chantal-Marie wurden angehalten, ihre Tochter „Mores zu lehren"[12].

---

[12] Anstand, Benehmen energisch beibringen

Chantal-Marie fand es ungerecht, dass sich Klara nicht bei ihr für die Prügel entschuldigen musste.

Die Lehrerin, Mandy Ilkerl, übernahm eine andere Klasse.

Klara musste sich von Sabine und Omi Jolante eine saftige Strafpredigt anhören.

Opa Georg lud Frau Direktor Meisner auf ein Essen beim Italiener ein, und landete bei Klara auf der Beliebtheitsskala wieder auf Platz 1.

„Glaubst du, dass Klara vielleicht mit der Geschichte zwischen Sabine und Bianca nicht zurechtkommt?", fragte Georg plötzlich, worauf Jolante ihn mit einem vorwurfsvollen Blick belegte.

„Was meinst du mit <Geschichte>", fragte sie.

„Na, du weißt schon, was ich meine", antwortete Georg.

„Nein, weiß ich nicht", sagte Jolante.

„Na, dieses Verhältnis", mühte sich Georg weiter.

Jolantes Gesichtsausdruck verhieß nichts Gutes, als sie begann:

Kann es sein, dass du mit <Geschichte> und <Verhältnis> vielleicht eine <Liebesbeziehung> meinst?"

„Ja", sagte Georg leicht zerknirscht, „warum fragst du, wenn du eh schon weißt, was ich meine."

„Weil, wie es mir scheint, nicht Klara ein Problem damit hat, sondern du", antwortete Jolante lachend.

„Unsinn", erwiderte Georg, stand auf und ging ins Hausinnere.

Jolante war überrascht, als Georg schon kurz darauf wieder auf die Terrasse zurückkam. Er hielt ein Kuvert in seiner Hand und fächelte Jolante damit vor der Nase herum.

„Was ist das?", fragte Jolante, worauf Georg antwortete:

„Du hast mir doch vor einiger Zeit aufgetragen, ich solle mir die Strafe für mein Vergehen selbst auferlegen. Kannst du dich erinnern?"

„Ich schon", antwortete Jolante, „ich dachte, du hättest es schon längst vergessen."

„Habe ich nicht", antwortet Georg, „spät, aber doch."

Mit diesen Worten übergab er Jolante das Kuvert. Jolante öffnete es und holte eine Fotografie heraus.

„Was ist das?", fragte sie, und Georg konnte es sich nicht verkneifen, zu antworten:

„*Das ist ein Haus, mein Liebling, und eigentlich sollte es dir bekannt vorkommen.*"

„*Tut es auch*", antwortete Jolante, „*das ist das Haus in der Nähe von der Ferienwohnung in der Provence.*"

„*Richtig*", antwortete Georg und grinste über das ganze Gesicht dabei.

„*Ich verstehe nicht…*", sagte Jolante fragend.

„*Das ist meine Entschuldigung von früher und heute*", antwortete Georg.

„*Eine Fotografie von einem Haus?*", fragte Jolante ungläubig.

„*Nicht von irgendeinem Haus*", antwortete Georg genüsslich, machte noch schnell eine Kunstpause und vollendete den Satz:

„*Von d e i n e m Haus, mein Schatz. Ich habe es gekauft und dir überschrieben.*"

Jolante war sprachlos. Sie schaute Georg nur an.

„*Du bist verrückt, Georg*", sagte sie, nachdem sie sich einigermaßen erfangen hatte.

„*Ich weiß mein Schatz*", antwortete Georg, „*verrückt nach dir. Und das nach so vielen Ehejahren.*"

Jolante konnte ihren Blick nicht von der Fotografie abwenden. Sie waren im letzten Sommer immer wieder an diesem Haus vorbeigelaufen, vor dem ein Schild gestanden war, mit der Aufschrift „à vendre".[13]

Und es gefiel damals Jolante ebenso, wie auch Georg. Aber dass sie nun Besitzer dieses Hauses waren, das konnte sie kaum fassen.

Georg genoss es, Jolante in größter Verzückung zu erleben. Auch wenn sie es nicht gerade nach außen kehrte, so wusste er doch, welch große Freude er ihr gemacht hatte.

Jolante streckte ihre Hände nach Georg aus und sagte:

„Beug dich zu mir und gib mir einen Kuss, mein Gebieter!"

*****

Georg hatte den Kauf des Hauses über eine Maklerin, Madame Berlioz, vollzogen und ihr aufgetragen, sie möge eine Sanitär und Heizungsfirma damit beauftragen, das Haus in einen zeitgemäßen Zustand zu bringen.

---

[13] Zu verkaufen

Außerdem möge sie auch Sorge dafür tragen, dass die elektrischen Leitungen erneuert werden. Eine entsprechende Summe hatte Georg zu ihren Gunsten hinterlegt, mit denen sie die Handwerker bezahlen solle.

Nur ein paar Tage später flog er mit Jolante in die Provence, um Möbel für das Haus zu kaufen. Madame Berlioz holte sie am Flughafen ab und fuhr mit ihnen zum Haus.

Georg zitterte innerlich ein wenig, aus Angst, die Handwerker wären noch nicht fertig; aber als könne Madame Berlioz Gedanken lesen, zerstreute sie Georgs Bedenken mit dem wunderbaren Satz:

„Sie werden staunen, Monsieur. Die Handwerker haben wahre Wunder vollbracht, und sie haben alle ihre Termine eingehalten."

Als sie angekommen waren, überreichte Madame Berlioz Georg die Schlüssel für das Haus. Georg nahm sie entgegen und reichte sie sogleich an Jolante weiter, mit den Worten:

„Das Haus gehört meiner bezaubernden Gattin, sie ist die Hausherrin."

Die Maklerin quittierte diese Information mit einen sanften *„Pardon!"*, und dann sperrte Jolante die Tür in ihr neues Heim auf.

Und wirklich, alles war so gerichtet, wie Georg es geplant hatte.

„*Das ist alles so wunderschön*", sagte Jolante, während sie von Raum zu Raum schwebte, „*ich kann es noch gar nicht glauben.*"

„*Ich warte draußen, Monsieur*", sagte die Maklerin, „*und nachher nehme ich sie wieder mit in die Stadt.*"

„*Das wird nicht nötig sein*", antwortete Jolante, „*wir rufen uns ein Taxi*".

„*Wie Sie wünschen Madame*", erwiderte die Maklerin, und zu Georg gewandt:

„*Ihr Zimmer im Hotel ist bestellt, man erwarte Sie dort.*"

„*Vielen Dank, Madame Berlioz*", erwiderte Georg, „*ich werde gleich morgen früh zu Ihnen ins Büro kommen.*"

Im Raum, der später ihr Wohnzimmer werden würde, standen noch ein alter Tisch und zwei Stühle.

Auf dem Tisch stand eine Flasche Wein, zwei Gläser, Käse, Salz und Baguette. Ein „Bienvenue" von Madame Berlioz.

Georg schenkte ein und erhob sein Glas.

„*Auf viele glückliche Stunden in unserem Haus!*"

*****

Georg und Jolante waren wieder nach Hause zurückgekehrt. Zuvor hatten sie noch Möbel und Elektrogeräte gekauft, und Madame Berlioz beauftragt, die Lieferung in Empfang zu nehmen und das Anschließen der Geräte zu veranlassen.

Das Ganze war so ausgerichtet, dass die Familie Merlinger-Bach ihre Sommerferien im neuen Haus verbringen würde.

„Doch mit des Geschickes Mächten ist kein ew`ger Bund zu flechten. Und das Unglück schreitet schnell. "

So schrieb es einst Friedrich Schiller in seinem Gedicht "Die Glocke". Und genauso passierte es auch.

Das Virus mit dem Namen „Pila-Virus" nahm die ganze Weltbevölkerung in Sippenhaft. Das Wort „Pila" kommt aus dem Lateinischen. Es bedeutet „Ball, Kügelchen", und wenn man es poetisch sehen will, dann heißt das auch „Mörser".

Seiner Form nach deutet es offenkundig auf „Ball" oder „Kügelchen" hin; aber von der Wirkung her, denkt man da schon eher an „Mörser".

Das Virus war von Touristen aus dem Karibikraum eingeschleppt worden, und es verbreitete sich rasend schnell.

*****

Der Umgang mit dem Virus und dessen Folgen wurde sehr unterschiedlich aufgenommen.

Während die Erwachsenen wieder lernen mussten, sich nicht auf die Nerven zu gehen, genossen die meisten Kinder – so sie noch im schulfähigen Alter waren – das Wegfallen des täglichen Schulbesuches.

Natürlich gab es auch den einen oder anderen Streber, der das nicht so sah. Klara gehörte übrigens zu dieser seltenen Spezies.

Es ist ein Unterschied, ob der Herr des Hauses dasselbe am Morgen verlässt, um zur Arbeit zu fahren, oder ob dieser Mensch den ganzen Tag nur zuhause herumsitzt und die arme Hausfrau nervt.

Und die Erholungsphase, wenn der Mann aus dem Haus ist und die Kinder in der Schule oder im Kindergarten ihre Zeit absitzen, fällt mit einem Schlag weg.

Da braucht Frau sehr viel Kraft, kommt doch zum „Mama, wo ist?", jetzt auch noch „Hol mir mal!" dazu.

Klara, inzwischen in einer frühpubertären Phase angekommen, setzte Sabine ordentlich zu.

Es hatte wiederholt Probleme in der Schule gegeben. Nachdem Chantal-Marie einen großen Bogen um Klara machte, gab es jetzt eine neue Herausfordernin: Viktoria-Emma, die Tochter von der Fleischhauerei „Arnold".

Gut im Futter stehend und scheinbar mit viel Selbstbewusstsein ausgestattet, hatte sie Klara herausgefordert.

Es mag ein Zufall sein, aber man könnte meinen, dass der krasse Unterschied, das geistige Niveau der beiden Mädchen betreffend, der Nährboden für die Auseinandersetzung war.

In diesem speziellen Fall ging es nicht um irgendwelche Beschimpfungen, Klara oder ihre Mutter betreffend, sondern viel mehr um das wiederholte provozierende Anrempeln von Viktoria-Emma.

Dass dumme Menschen intelligenteren Menschen gegenüber, ihre geistige Unterlegenheit und den oft damit verbundenen Neid gern einmal körperlich zum Ausdruck bringen, das soll durchaus vorkommen.

So mag es sich wohl auch bei den beiden Mädchen zugetragen haben.

Klara, dieses körperlich zarte Wesen, die ja erkennbar Viktoria-Emma kräftemäßig weit unterlegen war, ließ sich die Rempeleien von ihrer Schulkollegin lange gefallen.

Aber irgendwann ist jedes Maß einmal voll.

Und als das der Fall war, schlug Klara zu.

Als die Schüler nach Schulschluss die Treppe im Schulgebäude hintergingen, suchte Klara die Nähe von Viktoria-Emma. Klara tat, als wäre sie von Vikto-

154

ria-Emma angerempelt worden und ließ sich die letzten beiden Stufen hinunterfallen.

Es folgte ein lautes Geschrei. Klara führte sich auf, als wäre sie im 2. Stock aus dem Fenster gefallen. Sie schrie immer wieder:

„Du bist so gemein, Vicki. Was habe ich dir nur getan?"

Klara hielt sich ihren Knöchel und wand sich vor Schmerzen, während Viktoria-Emma gerade nicht wusste, wie ihr geschah.

„Das war ich nicht", rief sie entsetzt, und Klara erwiderte:

„Du bist eine ganz gemeine Lügnerin."

Inzwischen hatten sich die Mitschüler um das Szenario geschart, und es war ganz offenkundig, wem die Sympathien gehörten.

Viktoria-Emma hatte mit mehreren Schülerinnen Streit, und es gab vermutlich keine, die sie so richtig mochte.

„Was ist hier los?"

Frau Zimmermann, die Biologielehrerin war hinzugekommen.

„Vicki hat Klara die Treppe hinuntergestoßen."

Diese aufklärenden Worte waren von Petra gekommen, der besten Freundin von Klara.

Frau Zimmermann fixierte Viktoria-Emma mit strengem Blick und fragte:

„Ist das wahr?"

„Nein", antwortete Viktoria-Emma kleinlaut, *„ich war das nicht."*

„Lügnerin!"

Irgendwer der Umstehenden hatte es gerufen.

„Ruhe!", ertönte die Stimme der Lehrerin, die sich nun wieder Klara zuwandte. Dass Klara nicht das fromme Lamm war, war selbst Frau Zimmermann bewusst.

Andererseits war ihr aber auch wohlbewusst, dass Viktoria-Emma auch kein Kind von Traurigkeit war.

„Hast du Schmerzen, mein Kind?", fragte Frau Zimmermann, worauf Klara, auf ihren Fuß deutend, antwortete:

„Ja, schon; ich glaube, der ist gebrochen."

„Dann werde ich wohl die Rettung rufen", sagte die besorgte Lehrerin, welche keine Sekunde lang an die völlig überzogene Selbstdiagnose von Klara geglaubt hatte.

„*Das wird nicht nötig sein*", sagte Klara eilig, „*es würde völlig genügen, wenn Sie die Frau Direktor bitten, sie möge meinen Großvater anrufen, dass er mich abholt.*

Sie hat seine Nummer, denn sie ist mit ihm gut befreundet."

Diesem Vorschlag kam Frau Zimmermann sogleich nach, schien es ihr doch opportun, das Gesagte nicht zu hinterfragen.

„*Das mache ich, mein Kind*", sagte Frau Zimmermann, und hieß zwei der Schülerinnen bei Klara zu bleiben, bis der Großvater eingetroffen wäre.

Die anderen Schüler schickte sie weg, bis auf Viktoria-Emma. Diese forderte sie auf, sie möge sie zur Frau Direktor begleiten.

Opa Georg kam auch schon bald und brachte Klara in sein Auto. Als er sie tragen wollte, stellte sich heraus, dass der lieben Klara eine wundersame Heilung widerfahren war.

Sie ging selbstständig, der Ordnung halber ein klein wenig humpelnd, zum Auto, während Opa Georg danach kehrtmachte, um der Frau Direktor seine Aufwartung zu machen, um ihr eine weitere Einladung zum „Italiener" anzutragen.

*****

Neben dem, was gerade passierte, und was viel Leid über die Menschen brachte, waren die schulischen Eskapaden von Klara geradezu bedeutungslos.

Als nach Monaten bangen Hoffens endlich ein Wirkstoff gegen das Virus gefunden wurde, atmete die Welt erleichtert auf.

Und als die Zahlen der Erkrankungen und die Todesfälle merklich zurückgingen, begannen die Menschen sofort wieder in ihr altes Leben zurückzukehren.

Geschäfte sperrten wieder auf, die Kinder gingen wieder in die Schule, Sportveranstaltungen und kulturelle Events wurden wieder abgehalten und die Hamsterkäufe schrumpften wieder auf ein Normalmaß.

Flugzeuge und Autos durften wieder die Luft verpesten, Züge fuhren wieder, und das Tourismusgeschäft boomte.

Endlich konnte man in Urlaub fahren.

War man in der bedrohlichen Zeit wieder mehr aufeinander zugegangen – jüngere Menschen versorgten die Alten, weil diese besonders gefährdet waren – so erlosch diese Flamme der Menschlichkeit und des Mitgefühls wieder in kürzester Zeit. Leider...

Inzwischen war es schon Ende August, und das Ende der Sommerferien stand kurz bevor.

„Wir fahren übermorgen in unser Haus in der Provence."

Georg hatte es am Wochenende freudig verkündet, als alle wieder in der Villa versammelt waren. Auch Bianca.

„Wie soll das gehen?", fragte Sabine, *„Klara muss in ein paar Tagen wieder in die Schule."*

„Muss sie nicht", erwiderte Georg, *„ich habe mit Frau Direktor Meisner telefoniert und Klara für zwei Wochen freistellen lassen."*

„Und das hat so ohne Weiteres funktioniert?", fragte Sabine ungläubig.

„Aufgrund ihrer tollen Noten war das kein Problem", erwiderte Georg stolz.

„Und weil sie an deinem Opa einen Narren gefressen hat", streute Jolante beiläufig ein.

Obwohl Jolante wusste, dass Georg keinerlei Interesse an dieser Frau hatte, nagte es doch ein wenig an ihr.

„Stimmt das, Opa?", fragte Klara, worauf Georg antwortete:

„Ach was, die Oma Jolly macht nur einen Spaß."

Sabine und Bianca sahen sich an, und man sah deutlich, dass sie große Mühe hatten, nicht zu lachen.

„*Das ist ja wunderbar*", sagte Sabine, „*ich bin schon sehr auf das Haus gespannt.*"

„*Ich werde in der Zeit hier die Stellung halten*", sagte Bianca, und in ihrer Stimme schwang ein Hauch von Traurigkeit mit.

„*Auf gar keinen Fall, Bianca*", sagte Georg, „*Sie kommen natürlich mit. Sie sind herzlich eingeladen.*"

„*Das kann ich doch gar nicht annehmen*", erwiderte Bianca verlegen.

„*Natürlich können Sie das, Bianca*", sagte Jolante, „*schließlich gehören Sie doch auch zur Familie*".

Biancas Augen füllten sich mit Tränen. Sie hätte nie zu hoffen gewagt, von Georg und Jolante angenommen zu werden. Empfand sie es schon als großes Glück, dass Klara sie akzeptierte, so fühlte sich das gerade wie ein Wunder an.

„*Sie sind so nett zu mir*", sagte Bianca, „*darf ich Sie einmal umarmen?*"

„*Meine Frau einmal, und mich so oft, wie Sie wollen*", antwortete Georg, und Jolante sagte:

„*Du bist und bleibst ein schreckliches Mannsbild, Herr Dr. Georg Merlinger.*"

*****

Georg und Jolante hatten darauf verzichtet, Kleidungsstücke, Waschzeugs und andere Dinge, die man normalerweise in einem Koffer für den Urlaub verstaut, mitzunehmen.

Dadurch war genügend Platz im Auto für die Koffer der übrigen Mitreisenden. Georg und Jolante hatten beschlossen, sich in ihrem Haus in der Provence kleidungsmäßig neu auszustatten und auch die restlichen, notwendigen Dinge vor Ort zu besorgen.

Die Erwachsenen wechselten sich jedes Mal, wenn sie eine Pause einlegten, mit dem Fahren ab. So wurde die lange Fahrt für alle Beteiligten recht erträglich.

Die drei Frauen unterhielten sich und Klara vertrieb sich die Zeit mit einem Spiel auf ihrem Smartphone.

Georg hielt sich vornehm zurück, zumal die Gesprächsthemen der Damen nicht unbedingt sein Interesse erweckten.

Dann waren sie endlich da. Mit jedem Meter, mit dem sich die kleine Gruppe dem Haus näherte, wuchs die Spannung.

Als sie beim Haus angekommen waren, gewahrten sie eine Frau, die vor ihrem geparkten Auto stand. Es war Madame Berlioz, die Maklerin.

Georg hatte sie, etwa zwanzig Kilometer vom Ziel entfernt, angerufen, um ihr die ungefähre Ankunft zu avisieren.

„Guten Tag, Monsieur, Madame! Hatten Sie eine gute Reise?"

Mit diesen Worten begrüßte die Maklerin die Ankömmlinge. Georg stellte die übrigen Mitreisenden vor.

„Ich konnte alles erledigen, was Sie mir aufgetragen haben, Monsieur", sagte Madame Berlioz, *„außer dem Trampolin pour la petite.*[14] *Es wird aber noch heute, im Verlauf des Nachmittages, geliefert."*

„Vielen Dank, Madame", erwiderte Georg, *„aber jetzt lassen Sie uns hineingehen. Wir sind alle schon sehr gespannt."*

„Was hat die Frau gesagt?", fragte Klara, die zwar das Wort „Trampolin" verstanden hatte, aber nicht den Zusatz.

Sabine wollte es schon übersetzen, aber Georg kam ihr zuvor, indem er sagte:

„Es geht um ein Werkzeug für den Großpapa; das ist nichts für dich, du Naseweis."

Georg sah Sabine an, um ihr mimisch klarzumachen, sie möge ihm die Überraschung nicht kaputtmachen.

Dann betraten sie das Haus.

---

[14] Für die Kleine

Und tatsächlich; alles war geliefert und aufgestellt worden. Jolante erkannte sofort, dass das eine oder andere noch umzustellen wäre, aber im großen Ganzen war alles perfekt.

Sogar eine Grundausstattung an Geschirr und Gläser war vorhanden. Was jetzt noch fehlte, das waren Vorhänge und Gardinen.

Im Kühlschrank lagerten Milch, Käse, Butter und diverse Wurst. Und ein paar Getränkeflaschen.

„Ich habe Ihnen fürs Erste je zwei Flaschen Weiß- und Rotwein aus der Region besorgt", sagte die Maklerin, *„wenn er Ihnen zusagt, erklärte ich Ihnen gern den Weg dorthin."*

„Das ist sehr aufmerksam von Ihnen, Madame Berlioz", erwiderte Georg, *„haben Sie vielen Dank!"*

Die Küche war ungewöhnlich groß. In der Mitte stand ein großer Tisch mit einer großen Anzahl an Stühlen. Der Tisch war außergewöhnlich schön.

Georg war etwas verwundert darüber, konnte er sich doch nicht daran erinnern, einen solchen Tisch in Auftrag gegeben zu haben.

Es war ein Tisch aus polierter Eiche mit einer wunderschönen Maserung.

Die Maklerin hatte bemerkt, dass Georg den Tisch anstarrte. Sie lächelte und sagte dann:

„Das ist ein Geschenk von mir an Sie und Ihre Familie, verehrter Monsieur Merlinger. Bei uns ist es Sitte, dass die Familie mit Freunden gern in der Küche zusammensitzt und bei Essen, einem Glas Wein und guten Gesprächen Zeit miteinander verbringt."

„Ein wunderbarer Gedanke, liebe Madame Berlioz", erwiderte Georg, *„diese Sitte werden wir sehr gern übernehmen."*

„Das freut mich, Monsieur; aber bitte, nennen Sie mich Claudette."

„Mit dem größten Vergnügen, liebe Claudette", erwiderte Georg, begleitet von einem charmanten Lächeln, *„aber dann nennen Sie mich bitte Georg."*

Jolante fühlte eine aufsteigende Wärme in ihrem Gesicht. Sie trat hinzu und sagte:

„Dann nennen Sie mich bitte Jolante oder besser noch, Jolly."

„Sehr gern, Jolie", antwortet Claudette, die davon ausgegangen war, dass das französische Wort für „hübsch, nett" damit gemeint war und nicht das englische Wort für „lustig".

„Der Name passt sehr gut zu Ihnen, Jolie", sagte Claudette mit einem Augenzwinkern, was Jolante ein wenig verwirrte.

„Morgen Abend findet auf dem Dorfplatz das <fête des pêcheurs>[15] statt. Es wäre schön, wenn Sie vorbeikommen könnten.

Jetzt wünsche ich Ihnen wunderschöne Tage in Ihrem neuen Heim et que le ciel vous protège!"[16]

„Wir kommen sehr gern, Claudette, und vielen Dank für Ihre lieben Wünsche. Au revoir et à bientôt!"

Die Maklerin entfernte sich, und Jolante staunte einmal mehr über die sprachlichen Fähigkeiten ihres liebwerten Gatten und darüber, dass er die Kunst des Flirtens noch immer sehr gut beherrschte.

*****

Das Trampolin war noch am selben Tag geliefert und aufgestellt worden. Klara freute sich überschwänglich und probierte ihr neues Spielgerät sofort aus.

Jolante war mit den beiden Frauen in die Stadt gefahren, um Vorhänge und Gardinen auszusuchen.

Als Jolante der Verkäuferin erklärte, dass sie die neuen Besitzer des Hauses beim Meer waren, ver-

---

[15] Das Fest der Fischer
[16] Und Gott schütze euch

sprach diese, die Vorhänge und die Gardinen noch am selben Tag nähen zu lassen.

Opa Georg war mit Klara zuhause geblieben.

„Was hältst du davon, wenn wir zwei Wein kaufen fahren?", fragte er Klara, und legte noch ein Lockmittel dazu:

„Und hinterher kaufen wir uns ein großes Eis."

Diesem Angebot konnte Klara nicht widerstehen. Georg platzierte einen Zettel auf dem Küchentisch, mit welchem er den drei Frauen seine und Klaras Abwesenheit erklärte.

Dann fuhren sie los. Georg fuhr zu der Adresse, die er von Claudette bekommen hatte. Die Art, wie er von dem Weinbauer begrüßt wurde, zeigte, dass Claudette Georgs Besuch schon avisiert hatte.

Georg verkostete verschiedene Weine, und als er den Weinbauer wieder verließ, war er um einige Flaschen Wein und einem leichten Schwips reicher.

Der Weinbauer versprach, die restlichen Flaschen am nächsten Tag vorbeizubringen, er würde aber sein Kommen telefonisch zuvor avisieren.

Der Besuch des Eiscafés kam Georg sehr gelegen. Während Klara sich über einen riesigen Eisbecher hermachte, konsumierte Georg einen Kaffee mit einem Croissant, um den Alkohol in seine Schranken zu weisen.

Als sie zurückkamen, waren die drei Frauen von ihrer erfolgreichen Shoppingtour schon zurück.

Man beschloss, am späten Nachmittag zu grillen. Es war die Idee von Sabine. Sie hatte mit Bianca und Jolante die nötigen Zutaten bereits besorgt. Es reichte von Lammkoteletts, über Rindsteaks bis hin zu schmackhaften Bratwürsten. Alles Bio und alles köstlich.

Georg hatte aus der Garage Tisch und Bänke geholt, ebenfalls eine fürsorgliche Tat von Madame Berlioz. Die Frau hatte wirklich an alles gedacht.

„Quelle femme extraordinaire"[17], dachte Georg still bei sich, *„und hübsch ist sie außerdem."*

Dann wurden die Köstlichkeiten auf den Grill gelegt, und schon nach wenigen Minuten begann der Duft des Fleisches sich mit dem Duft von blühendem Lavendel zu vermischen.

*****

Das „Fête des pêcheurs" war schon in vollem Gange, als Georg mit seinen Lieben am nächsten Spätnachmittag auf dem Dorfplatz erschien.

„Hierher! Hierher!"

---

[17] Was für eine außergewöhnliche Frau

Es war die Stimme von Claudette, welche die Ankömmlinge, unter Zuhilfenahme heftig winkender Arme, zu sich rief.

„Kommt, meine Freunde", sagte sie freudig, *„ich habe extra für euch den Platz reserviert."*

Claudette saß mit ein paar Leuten an einer sehr langen Tafel, und einige der Plätze waren tatsächlich noch unbelegt.

„Monsieur Le Maire", sagte Claudette an einen älteren Herrn gerichtet, *„darf ich Ihnen die Familie Merlinger vorstellen, unsere neuen Mitbewohner."*

Der Bürgermeister, Monsieur Louis Brasseur, stand auf, gab der Familie Merlinger-Bach die Hand und sagte bei jedem:

„Bienvenue, mes amis!"

„Ich wusste gar nicht, dass wir so viele Freunde in Frankreich haben", flüsterte Sabine, aber gerade so laut, dass es Georg hörte.

Sein strafender Blick war die Folge, und Sabine spürte, wie ihr die Schamesröte ins Gesicht stieg.

Jolante hatte es bemerkt und sagte zu Sabine kopfschüttelnd:

„Musste das sein?"

Dann nickten die Mitglieder der Familie Merlinger-Bach den anderen Anwesenden freundlich zu, setzten sich nieder und ließen sich von dem Charme des Festes gefangen nehmen.

Madame Berlioz und Georg bemühten sich aus Leibeskräften, mit Übersetzungen den vielen Fragen der anderen Menschen am Tisch gerecht zu werden, und Sabine und Bianca hörten einfach nur zu.

Die Stimmung hätte nicht besser sein können. Zumindest bei den meisten Besuchern, außer bei Jolante. Ihr Unbehagen nahm stetig zu, als sie mitansehen musste, wie Georg und Claudette heftig flirteten.

Die Zeit war schon fortgeschritten, als Jolante plötzlich zu Sabine sagte:

„Ich glaube, ich habe Kopfweh, es ist wohl besser, wenn ich nach Hause gehe."

„Was hast du?", fragte Georg, der es mitangehört hatte, *„sollen wir lieber gehen?"*

„Nein", antwortete Jolante, *„das wäre unhöflich. Bleib du mit den anderen hier, ich werde allein gehen."*

„Das kommt gar nicht infrage", sagte Sabine, *„ich werde dich begleiten, und außerdem wird es Zeit für Klara."*

„Dann komme ich auch mit", gesellte sich Bianca hinzu, *„ich verstehe das meiste ja sowieso nicht."*

Und so verließ der gesamte weibliche Anteil der Familie Merlinger-Bach das Fest; jedoch nicht ohne sich bei Claudette und dem Bürgermeister für den wunderschönen Abend zu bedanken.

Die vier waren schon eine Weile weg, als plötzlich Musik erklang. Ein Akkordeonspieler hatte sein Instrument ausgepackt und spielte auf.

Erst waren es nur ein paar, welche begannen dazu zu tanzen; aber dann wurden es zusehends mehr, und irgendwann drehten sich auch Georg und Claudette zum Klang der Musik.

*****

Das Frühstück am nächsten Morgen verlief ungewöhnlich ruhig. Eine eigenartige Stimmung erfüllte den Raum, und außer Klara, erfasste sie jeden.

„Guten Morgen, meine Lieben!"

Georg war als Letzter zum Frühstück erschienen. Sein Alkoholkonsum in der vergangenen Nacht stand ihm noch deutlich ins Gesicht geschrieben.

„Geht es dir wieder besser, chérie?", fragte Georg, und Jolante antwortete:

„Es ging mir nie schlecht, und nenn mich bitte nicht <chérie>!"

Georg schaute zuerst Jolante an, und dann wanderte sein Blick zu Sabine und Bianca.

„Habe ich irgendetwas verpasst?", fragte Georg erstaunt. *„Ich dachte, es ging dir gestern Abend nicht gut."*

Jolante antwortet nicht. Sabine gab Georg ein Zeichen, er solle ihr nach draußen folgen.

Als Georg bei Sabine war, setzte er sich neben sie auf die Bank, welche vor dem Haus stand.

„Was ist los mit deiner Großmutter?", fragte Georg.

„Es scheint, du weißt es wirklich nicht", antwortete Sabine.

„Was weiß ich nicht?", drängte Georg ungeduldig.

„Du und die Frauen", antwortete Sabine.

„Wie bitte?", erwiderte Georg heftig, *„du sprichst jetzt aber nicht von Claudette, oder?"*

„Doch, Großvater", antwortete Sabine, *„genau von der…"*

Georg brauchte eine Weile, bis er das verdaut hatte. Aus seiner Sicht war das ein starker Tobak, der ihm gerade gereicht worden war.

„*Glaubt deine Großmutter ernsthaft, dass zwischen Claudette und mir etwas läuft?*", fragte Georg ungläubig.

Sabine antwortete nicht; sie lächelte nur.

„*Glaubst du das etwa auch?*", setzte Georg nach.

„*Nein, natürlich nicht*", antwortete Sabine, worauf Georg fragte:

„*Wenn du das nicht glaubst, wieso glaubt es dann Jolante?*"

„*Weil sie Angst hat, dich zu verlieren*", antwortete Sabine, was Georg nun gerade noch weniger verstand.

„*Das verstehe ich nicht*", antwortete Georg betrübt, „*das ist doch kompletter Unsinn.*"

„*Dann sag ihr das auch*", erwiderte Sabine, „*am Besten mit einem schönen Blumenstrauß.*"

„*Aber wenn ich das mache, dann sieht das ja wie ein Schuldeingeständnis aus.*"

Sabine schüttelte nur mit dem Kopf und lachte.

„*Mach es ganz einfach, Großvater.*"

„*Warum ist die Liebe nur so kompliziert*", murmelte Georg vor sich hin und ging zurück ins Haus.

*****

Die Sache mit dem Blumenstrauß hatte, trotz größter Bedenken von Georg, tatsächlich funktioniert. Jolante und Georg waren wieder ein Herz und eine Seele.

Die Tage in der Provence neigten sich ihrem Ende zu. Die Merlingers und die Bachs, plus Bianca, hatten viel Schönes gesehen und erlebt. Es waren wunderschöne Ausflüge in die Umgebung, und das Schwimmen im Meer hatte allen viel Freude bereitet.

Und am Abend bei Sonnenuntergang vor dem Haus sitzen, bei Wein, Baguette und Käse; das ließ die Tage auf so angenehme Art ausklingen.

Aber nun war es an der Zeit, die Koffer für die Heimreise zu packen.

Georg hatte Sabine und Bianca mitgeteilt, dass er und Jolante nicht mitfahren würden. Bianca und Sabine waren ebenso überrascht wie Jolante, die von Georgs Absicht nicht in Kenntnis gesetzt worden war.

„Aber ich fahre nicht mit", tat Klara sofort unmissverständlich kund, als sie das hörte, *„ich bleibe bei Omi und Großvater."*

„Das geht nicht", erwiderte Sabine, *„du weißt genau, dass die Schule auf dich wartet."*

„Das ist mir egal", sagte Klara trotzig und ging zu Opa Georg, um sich fest an ihn zu klammern.

„Hör zu, mein Schatz", sagte Opa Georg, *„ich wäre sehr traurig, wenn mein Lieblingsenkel nicht in die Schule gehen würde, um zu lernen. Und eine dumme Klara, die dürfte auch nächstes Jahr nicht in unserem Pool schwimmen."*

Klara war hellhörig geworden. Sie schaute Opa Georg erwartungsvoll an und fragte:

„Welchen Pool, Großvater?"

„Na diesen, den die Arbeiter in ein paar Tagen beginnen zu bauen."

Georg hatte mit dem Finger ein Stück weit von sich auf den Boden gezeigt, und in Klaras Kopf begann sich ein wunderschönes Bild abzuzeichnen.

„Ein Pool", rief sie, *„ein richtiger Pool."*

Jolante blickte zu Georg, denn auch von diesem Vorhaben, von dem sie überzeugt war, dass es wahrwerden würde, wusste sie ebenfalls nichts.

„Also, wie machen wir das jetzt?", fragte Opa Georg seine Enkelin, und Klara antwortete mit großer Ernsthaftigkeit:

„Ich fahre jetzt mit diesen beiden nach Hause, und im nächsten Sommer komme ich wieder. Dann weihen wir den Pool ein.

Du bist der allerbeste Großvater auf der ganzen Welt."

„Ich weiß", erwiderte Opa Georg genüsslich, und Jolante fragte sich augenblicklich, wie ein Mensch, der gerade auf einem pädagogischen Irrweg gewandert war, Direktor einer höheren Schule werden konnte.

Sabine, Bianca und Klara nahmen mit Georg und Jolante ein letztes, gemeinsames Abendessen ein, um danach früh zu Bett zu gehen.

Ihr Plan war, um zwei Uhr morgens loszufahren, um den größten Teil der Strecke bei mäßigen Temperaturen zurückzulegen.

Georg und Jolante hatten sich vors Haus gesetzt.

„Du hättest mich ruhig von deinen Plänen informieren können", sagte Jolante, „oder ist dir meine Meinung inzwischen egal?"

„Nein", antwortete Georg, „und das weißt du auch."

„Und warum hast du mir dann nichts gesagt?", fragte Jolante weiter.

„Was unser längeres Verweilen angeht, so wollte ich dich damit überraschen, und ich hatte gehofft, dir damit eine Freude zu bereiten", antwortete Georg.

„Das tut es auch, und das lasse ich auch gelten", erwiderte Jolante zu Georgs großer Erleichterung.

„Und die Sache mit dem Pool?"

Georg wandte sich Jolante zu. Er nahm ihr Gesicht in seine Hände und gab ihr einen Kuss.

Dann lächelte er und sagte:

„Als ich heute Morgen aufgestanden bin, da wusste ich auch noch nichts von einem Pool."

„Du bist doch total verrückt", erwiderte Jolante und gab nun ihrerseits Georg einen Kuss.

„Ich liebe dich", sagte sie und Georg erwiderte:

„Ich liebe dich auch, du wunderbare Frau."

*****

Die Sonne schickte ihre letzten Strahlen, und der Tag schickte sich an, sich zu verabschieden, um für die Nacht das Feld zu räumen. Und ein paar Zikaden begannen sich gerade einzustimmen, als Jolante nach einer Weile ganz versponnen sagte:

„Es ist so wunderbar still", sagte Jolante versponnen nach einer Weile.

„Ja", erwiderte Georg, *„es ist, als spreche die Seele ein Gebet..."*

*****